Detektívtörténet Kertész Imre

侦探故事

〔匈牙利〕凯尔泰斯·伊姆雷 著　　杨永前 译

人民文学出版社
PEOPLE'S LITERATURE PUBLISHING HOUSE

著作权合同登记号　图字 01-2019-5193

Kertész Imre
Detektívtörténet

图书在版编目(CIP)数据

侦探故事/(匈)凯尔泰斯·伊姆雷著;杨永前译.
—北京:人民文学出版社,2020
(中经典精选)
ISBN 978-7-02-015788-4

Ⅰ.①侦… Ⅱ.①凯… ②杨… Ⅲ.①中篇小说-小
说集-匈牙利-现代 Ⅳ.①I551.45

中国版本图书馆 CIP 数据核字(2019)第 234195 号

总 策 划　**黄育海**
责任编辑　**卜艳冰　欧雪勤**
封面设计　**汪佳诗**

出版发行　**人民文学出版社**
社　　址　**北京市朝内大街 166 号**
邮政编码　**100705**
网　　址　**http://www.rw-cn.com**

印　　制　**上海利丰雅高印刷有限公司**
经　　销　**全国新华书店等**

开　　本　**889 毫米×1194 毫米　1/32**
印　　张　**7.5**
字　　数　**127 千字**
版　　次　**2020 年 6 月北京第 1 版**
印　　次　**2020 年 6 月第 1 次印刷**

书　　号　**978-7-02-015788-4**
定　　价　**55.00 元**

如有印装质量问题,请与本社图书销售中心调换。电话:010-65233595

Novella

目录

侦探故事

一

下面的这份手稿是我的当事人安东尼奥·罗·马腾斯委托我公布的。马腾斯是谁？待会儿，你们可以从他本人的讲述中找到答案。我只想在前言中说，与他的智力水平相比，他的写作才华令人惊叹。经验告诉我，每个人都是如此，一旦他决定正视自己命运的话。

我被指定为他的辩护律师。马腾斯被指控参与数起谋杀案，但在案件的审理过程中，他既不否认，也不试图辩解。根据我的经验，在类似的案件中，被告的行为方式分两种：一种是在大量的物证和所应承担的责任面前死不认账；另一种是痛苦的悔悟，但其真正的动机则是残酷的冷漠和自怜。马腾斯有别于这两种类型。他毫无顾忌、主动、心甘情愿地交代了自己的罪行，漠然得就好像不是在陈述自己，而是在陈述别人干的事。他仿佛就是在讲述另外一个与他毫不相干的马腾斯，而且为了那个马腾斯的所作所为，他甘愿承担所有的后果。我认为，他是一个极其玩世不恭的人。

有一天，他带着令人惊诧的愿望来找我。原来，他想让我去为他求求情，允许他在牢房里写东西。

“您想写什么？”我问他。

“写我所理解的逻辑。”他回答道。

“现在？”我大吃一惊，“在犯罪的过程中，您难道没有理解吗？”

“没有。”他回答道，“当时没有理解。在那之前，曾经理解过一次。现在我又重新理解了。人在做事的过程中容易遗忘。”他摆了摆手，“但是，这个你们是理解不了的。”

其实，我理解得比他想象的更透彻。我只是感到惊讶：我没想过，马腾斯——曾经像机器上一颗微不足道的螺丝钉那样，放弃一个独立自主的人所具备的全部判断力和观察力——这个人又一次打起了精神，他将要求自己的权利。这就是说，他想陈述和分析自己的命运。在我经历过的事情中，这是最罕见的。我觉得，人人都有权利这么做，而且是以自己的方式去做。马腾斯也不例外。于是，按他所愿，我去为他求情。

请你们不要对他的表达方式感到惊讶。在马腾斯的眼中，这个世界看起来可能就是一部现成的蹩脚小说，一切事情的发生都伴随着恐怖故事唯一的编剧或者编舞——如果更喜欢用这个词语的话——那令人惊异的果断性和令人怀疑的合理性。但是——不是出于辩护，仅仅是为了真理——请允许我补充一句：这个恐怖故事不是由马腾斯一个人写出来的，而是由现实写出来的。

最后，马腾斯把手稿交给了我。这里公布的文字完全是真实的。我没有对任何一处进行改动，甚至忽视了一些理应进行无条件修改的语言表达上的缺陷。他要说的话，我都原原本本地保留了下来。

二

我想讲一个故事，一个简单的故事。你们看过后可能会说这个故事伤风败俗。然而，这并不能改变它的简单性。因此，我讲的是一个简单而又伤风败俗的故事。

我叫马腾斯。是的，就是那个安东尼奥·罗·马腾斯。我现在正站在新制度的法官，也就是人民法官的面前——他们喜欢这样称呼自己。现在，你们可以读到足够多的关于我的事情——那些喧嚣的小报不遗余力地想让整个拉丁美洲，甚至遥远的欧洲都知道我的名字。

我必须抓紧点儿，我的时间可能不多了。我要讲述的是萨利纳斯的档案：费德里戈·萨利纳斯和他儿子恩里克·萨利纳斯的档案。他曾经是一家遍布全国的连锁店老板，他们的死亡当时就让人震惊。要知道，那时候要让人震惊可不是轻而易举的事情。萨利纳斯是起义领袖，可谁也不愿意相信他是叛徒。后来，就连上校也后悔我们就处死他们发布公告：无疑，这产生了巨大的道德影响，实在太大了，完全没有必要。但如若不发布公告，我们可能就会面临暗箱操作、违反法律的指控。无论怎么做，都只能是错。其实，上校早就看到了这一点。不瞒你说，我和他所见略同。然而，一名侦探官员的信念又能对事情的进展产生什么影响呢？

那时候，我还是调查局里新来的小伙子。我是从警察局调过来的。我不是来自政治科——那里面的人早就到这边来了——而是刑侦科。“你，马腾斯！”一天，我的上司说，“你有没有兴趣调过去？”我问：“去哪里？”——毕竟我只是个警察，不会揣摩人。他点了点头：“去调查局。”我没有说“是”，也没有说“不”。我的刑侦工作干得还可以，但我对杀人犯、窃贼和妓女已经有些厌倦了。现在吹来一股新鲜的风。我听说，已经有一两个人飞黄腾达了。人们都说，谁努力，未来就等着谁。“调查局要人。”我的上司接着说，“我一直在考虑，该推荐谁去好呢？马腾斯，你是个有才干的人。你在那里会很快干出名堂来的。”上司补充说。

是的，我也差不多这么想。

我完成了培训课程，也被洗了脑。但这还远远不够。许多陈旧的思维依然残留在脑际，现在已经不需要了——但他们太急于求成了。那时，所有的事情都特别急迫。要建立新秩序，要尽快巩固政权，要挽救祖国，要清算动荡——看起来，所有这一切都压在了我们的肩上。“这个将在实践中解决。”——当人们为了某件事头痛时，总会这么说。如果我真学到了什么本事的话，那可就是活见鬼了。好在我对这份工作还算有兴趣，况且薪水也不错。

我被分配到迪亚兹的小组（迪亚兹现在尚未缉拿归案）。我们共有三个人：我的上司迪亚兹（我可以向每个人保证，永远也别想找到他）、罗德里格斯（已经被判死刑；只判了一次，这个无耻之徒，就是判他一百次死刑也不为过）和我——一个新来的小伙子。当然，还有助手、金钱、无边的权力和不受限制的技术，这些都是一个普通警察连想也不敢想的，更不用说去肆无忌惮地亲身体验了。

不久之后，突然发生萨利纳斯案件。发生得太早，实在太早，当时正是在我最头痛的时候。但既然发生了，就别无选择：我就是想摆脱它，也是不可能了。我想说的是，在我走之前……在他们送我走之前，我要在身后留下一些证据。别说了，现在我压根儿就不关心这个。我做好了随时走的准备。我们这种职业是需要冒险的，一旦进入这个职业，就没有回头路可走——迪亚兹就习惯这么说（你们知道，通缉他也是白费力气）。

事情是怎样开始的？是在什么时候？梳理梳理我的记忆，我只感觉到回忆胜利之初的那几个月是多么的艰难：艰难，并不只是因为萨利纳斯父子的缘故。哦，不管怎么说，我们早就过完了胜利日，这是肯定的——啊，这是很久以前的事了。悬挂在街道上空的横幅已经松弛变软，上面的胜利口号被雨水打湿；旗帜已经褪色，街上的扩音喇叭嘶哑地播放着进行曲。

是的，这就是每天早晨我看见的情景。从我的住所到人人皆知的调查局所在的古典式宫殿，我不知道多少次穿越这座城市。晚上，我什么也觉察不到。不，晚上我只能觉察到自己头痛。

大约就在这个时候，我们遇到了许多不愉快的事情。胜利后的蜜月结束了，居民们变得紧张起来。上校也是如此。另外，我们得到消息说，有人正准备制造暗杀事件。我们必须阻止——最起码应该阻止，而且要不择手段：祖国和上校都要求我们这么做。

令人诅咒的紧张和随之而来的混乱是整个事情发生的原因。罗德里格斯跑了，迪亚兹——永远冷静，永远给人安慰的迪亚兹——从没说过一句贬损他的话。实际上，到这时我才开始看清楚，我身处何地，我从事的是什么样的工作。我说过，我还是个新来的小伙子，迄今为止，只是在那里混日子。我试着认清形势，尽快进入角色，完成该干的事情。我是一个正直的警察，而且一直如此，我工作很认真。我当然知道，调查局里的标准是不一样的——但我认为，标准还是有的。然而却没有。我的头开始痛了起来。

你们别以为我是在为自己辩解。我已经无所谓了。但这简直就是一条真理：人们自以为非常聪明地驾驭着事态发展，但事后却只是想弄明白，自己为何落得个身处险境的下场。

起初，这个罗德里格斯让我紧张。慢慢地，他成了令我狂热的对象。我想了解他，理解他，就像……是的，也许就像萨利纳斯想了解自己的儿子那样。当然，方式不同，但都是怀着调查的热情。一天，我对他说：

“你，罗德里格斯。为什么干这件事？”

“干什么事？”他问道。

“瞧你那熊样儿，”我温和地说，“还能有什么？！……”

“噢，明白了。”他说完，无声地笑了。

“听着！”我接着说道，“我们清算，打击，镇压，审问。好吧，这是我们的工作。但你为什么痛恨他们呢？”

“因为他们是犹太人！”他脱口而出。我不由一惊，差点儿把烟卷咽下去。我认为，是那本书让他癫狂的，他一直把它藏来藏去，现在我看见它就在他手上。你们能否相信，罗德里格斯懂英文？他应该懂的，因为这是一本英文书，美国出版的——可恶的走私货。谁知道他是怎样搞到手的，也许是在搜查住宅时没收的吧。扎眼的书名中我只认得一个单词："奥斯威辛"。尽管这不是英文单词，只是一个地名。人们当然听说过它：很久以前，在遥远的地方，在悲惨的欧洲东部的某个地方。见鬼去吧，我搞不懂，我们和它有什么关系，它又是如何来到这里的。

"你这个畜生！"我说，"在这么大的一个国家，真要有犹太人的话，也许有几百或几千？！"

"对我来说都一样。"他说，"凡是另有图谋的人，都是犹太人。可他们为什么要另有图谋呢？！"我只能目瞪口呆。罗德里格斯有他的逻辑，这是千真万确的事。但是，人们一旦让他走上这条逻辑之路，他就永远不会停下来。"为什么？"他冲着我的脸吼叫，"他们为什么要反抗？"

"因为他们是犹太人。"我试图让他平静下来。我看到他的血压开始上升。我对他已经厌倦。不管多么奇怪，我毕竟还是个警察，调查局的成员，可我对他真的害怕了。他两眼冒着火光。罗德里格斯长着一对豹眼。看在上帝的分上，请别把这个当成是一种赞美。他的眼睛简直就是黄色的，长长的瞳孔，就像那些满身臭味、专吃腐肉的猫的眼睛。

我试图缓解他的怒气，然而却是徒劳。

“他们为什么要反抗？！”他抓住我胸口的衬衫，“我们要他们的财产，我们要除去他们的肮脏，我们要他们遵守秩序，我们要为他们感到自豪！”是的，他说，“我们要为他们感到自豪。”我只能把嘴张得老大。“但他们并不想要秩序，”他依然揪着我的衬衫，“他们还是反抗：为什么？！……啊？！为什么？！”

哎呀，对我来说这还真是一道难题。真的，为什么？我不知道。现在也不知道。不知道。说心里话，我对这个问题也不是非常感兴趣。我从来没有考虑过原因，我只满足于知道：一方面有罪犯，另一方面有刑侦人员。对我来说，我属于后者。干刑侦这一行，知道这一点就完全足够了。我要是把精力放在冥思苦想上的话，那就未免太遗憾了。当然，调查局的人情况不同。正如迪亚兹所说，这里面需要哲学。或许还需要道德世界观，正如培训班上所讲。然而，我哪种都不具备。罗德里格斯的哲学我不敢恭维，迪亚兹的哲学我尚未完全弄懂。

或许，他本人也没有认真地想过。在他那里，在这样的事情上，谁也不敢肯定。尽管迪亚兹是一个严肃的人，但他的话听起来还是让人有点吃惊。他严肃而又深思熟虑，幻想与他无缘。有一天，他正在翻阅没收来的书籍，就是那种常见的乌七八糟的革命书籍。他的一个嘴角叼着雪茄，另一个嘴角露出他特有的笑容。

“愚蠢！”他的整个手掌突然拍打在书上，“我只相信唯一严肃的革命，这就是警察的革命！”

“没错！”罗德里格斯说完，大笑。

“愚蠢。”迪亚兹轻声对他说。他的话里其实也没别的意思，他平常也这么说。但现在他看起来是生气了，如果能从他身上看到点儿什么的话。

还有一次——我已经想不起来是在什么场合了——他突然说：

“如果我们这些警察联合起来的话，世界就会变成另外一个样子。”

我对他说：

“我们就是联合在一起的，不是吗？”

“不只是在我们国家，而是在整个世界上！”他继续唠叨着。

“你的意思是，”我问他，“在所有的国家吗？”

“没错。”迪亚兹说。他悠然地跷起二郎腿，在扶手椅里摇晃着他那有点儿粗短的上身，雪茄散发出的神秘烟雾笼罩着他那平滑而又油光发亮的脸。时间已是下午，我们正在休息，我感觉气氛还不错。人在这个时候总喜欢聊上几句，哪怕是跟自己的上司。

“你的意思是，敌对国家的警察也要联合起来？”我继续探问道。

他抬起自己的手指头：

“警察，”他说，“在任何时候任何地方都不是敌人。”不管这个下午是多么美好，我都无法从他嘴里再掏出更多的东西。

我到最后也不知道，他是否真的相信自己的思想。今天我更倾向于接受一个假设：是的。人应该相信某种东西，才能成为他那样卑鄙的人。不管怎么说，他经常谈到这一点。他说话从来不是完全认真的，他总是喜欢用一语双关的方式说话，但我当警察也没白当，不会不理解他话里的含义。

只是，这对我起不了多大的帮助作用。事实上，当时我已有好多次发觉自己说话结巴。有些时候，我说话时还掺进一些愚蠢的词汇，比如：“那个什么”、“总之”、“我怎么说呢”等类似的词汇，而我其实从来就没有这种习惯。要是有的话该有多好啊！你们设想一下：一个说话结巴的警察，尴尬地用手比比划划，咕哝着半个单词。我很快改了这个习惯。在这个时候，我倒是希望我仅仅是头痛。

对了，后来很快就搞清楚了——罗德里格斯从那本书里学到了什么。在一个阳光明媚的日子，他的办公桌上出现了一尊小雕塑。雕塑很小，大概有十到十五厘米高，只有镇纸那么大，但上面的一切都能看清楚，清晰而又真切。从此，这个小雕塑就一直摆在罗德里格斯的桌上。很快，小雕塑的复制品也做好了：这可不是模型，而是和真人一般大，足有一米五高。罗德里格斯让助手把它放置在隔壁办公室。这个人是他从军士中给自己找来的，他的挑选很好。可以说，谁要是看一眼他那张猴脸的话，谁的疑虑就会烟消云散，这绝对是真的。此外，他沉默寡言，如同鲨鱼；随时候命，如同驯化了的黑猩猩。他的军服衬衣的领口总是敞开着，袖子一直卷到毛茸茸的胳膊肘上。汗液、白酒和各种污垢使他身上散发着恶臭。那个房间成了他们的领地。罗德里格斯称之为："我的雕塑室"。

我不愿意说这方面的事情，但无法回避。要说我感兴趣，那可就见鬼了。我从来也没有感兴趣过。而现在他们一直在盘问这件事。他们就是调查我的法官们。那个破烂的房间我都是绕着走的，但我的解释是徒然的。"这么说，"法官从审讯台上冲我大喊，"您是说，您不知道这个被称为雕塑室的房间里发生了什么？！”那鬼家伙说。“检察官先生，我只是说我没去过那个房间。”“是吗？”他摆出一副胜利者的姿态，“证人奎因提埃罗斯声称，他多次在这个被称为雕塑室的房间里看到过您，您对此有什么话要说？”哦，如果那位证人先生是亲眼所见的话，我显然是去过那个房间的。真是一伙聪明透顶的人啊！是否去过那里，或者没去过，现在似乎对我来说已经不是一码事了。但是，我能等来什么呢？慷慨？不过，他们已经不错了，起码允许我在牢房里写东西。这样的事，我们从来没有被允许过。这是违反规定的。

简言之，我说过，罗德里格斯的办公桌上出现了一个雕塑。是一个雕塑家给他做的，他是一名囚犯。我们这里有各式各样的囚犯，怎么能碰巧没有雕塑家呢？顺便提一下，这个雕塑家不是真正的雕塑家，而是刻墓碑的师傅。不过，他做得倒还不错。如果我没看错的话，他是用木头和某种合成材料做成的。雕塑由底座和底座上面的两个叉子形支架组成。两个叉子支撑着一根木棍。木棍支撑着一个小人儿，并从小人儿弯曲的膝盖和用手铐铐在膝盖前的手腕之间穿过。说真的，这是一个令人窒息的拼凑之物。迪亚兹不怀好意地看着。

“哎呀，这是什么东西？”他问道。

“这个？博格尔秋千[①]。”罗德里格斯说。看得出，他非常喜欢它。

“博格尔？”迪亚兹挑剔地问，“什么是博格尔？”

“发明它的那个家伙的名字。”罗德里格斯解释道。他用食指弹了一下小玩偶的头，小玩偶朝这边翻了几个跟头，然后——在玩偶的动力减弱之后——它只能在木棍上头冲下摇摆着。玩偶的大腿、雕刻粗糙的屁股清晰可见，当然还有夹在中间的那个东西。这是一个男玩偶，要想夸奖罗德里格斯就请这么说吧。“这里的这个部分，”他用手指在玩偶上方画了一个小圆圈，“变自由了。你可以和它做任何你想做的事情。”他抬头望着迪亚兹，咧开嘴笑。我仿佛不在现场一样。好幸运，因为要不然的话，我说起话来肯定又要结巴了。对一个人来说，这可不是个好兆头。“要不，”罗德里格斯接着说，“你蹲到这里来，对着他的脸，想问他什么就问什么。”

迪亚兹不知咕哝着什么。他背着手在房间里踱来踱去。在思考问题或者对什么东西不喜欢时，他就习惯如此。在他感

---

① 博格尔秋千，纳粹德国警官和纳粹集中营看守威海姆·博格尔（Wilhelm Boger，1906—1977）在奥斯威辛集中营发明的折磨囚犯的刑具。囚犯必须双手抱在屈起的膝前，手腕被手铐铐在腿前，随后将一根粗铁棒伸进囚犯的臂肘和膝盖之间。这根棍子被搁在两只木架子上，让囚犯头朝下挂着。看守用皮鞭抽打囚犯的身体，以致囚犯转个不停。博格尔因战争罪被判终身监禁，于一九七七年死于监狱。

到震惊的那一天，整个上午他都是踱来踱去。到最后，我都头晕了。

后来，他把一条大腿搭在罗德里格斯的桌子上。

“你要这破玩意儿干什么？”他以父亲般的口吻问他，“我们有各种各样的玩具。只要你按一下按钮，打开电源就能玩。现在，整个世界都在使用这个。干净又舒适。这对你来说不好吗？”

不好，这对他不好。罗德里格斯不是机械化的信徒。

“它与人，”罗德里格斯说，“没有直接的关系。”

“你要这东西干什么？”迪亚兹问道。

但是，罗德里格斯不能说服他。罗德里格斯有自己的信念。他是受过教育的人，凡是他感兴趣的东西，他就一定要搞懂。“机械有机械的麻烦。”他说，“所有的东西都是纯粹的机械装置。人们甚至可以给它们穿上白大褂，就像工程师和医生那样。这种间接性就如同人们不是亲自而是通过电话处理事务一样。接电话的人情绪很好，可打电话的人看不见。”“然而，”罗德里格斯说，“这就是影响力的奥秘。”

我说过：我不愿意谈这方面的事。当时，我也什么都没说。并非最不重要的原因是，我还是新来的小伙子。再说了，我害怕结巴，害怕说那些虚词。罗德里格斯出房间去检查工作进展——在那边，工匠已经做好了支架。只有在这时，我才把自己的看法告诉迪亚兹。

我说：

“猪！”

“说得对。”迪亚兹肯定地点了点头，愉快地让木偶旋转起来，“猪。老鼠。吸血虫。”

他沉默不语。我们两个人都沉默不语。那个可怜的玩偶一动不动地垂在我们中间，头朝下。

“你，”他突然抬起眼睛看我，“害怕什么，小男孩？”迪亚兹看人时让人不舒服，而他有着冷静的、深棕色的眼睛，却什么也没让它们干。我的意思是，他不闭眼，不让眼睛闪烁光芒，不凝视，只会简单地看，而且让人不舒服。

“我？”我问，“我没害怕。只是，那个……我们谈得有点儿远了。”

“远，远。”他不住地点头，“可我们的事情就在远处。”他补充说。

“当然，当然。”我这么说，“只是，啊……怎么说呢……总之，我其实是在想啊，我们在这里是为法律服务。”

“为权力，小男孩。”迪亚兹纠正了我的说法。我的头开始痛了起来。有趣的是，其实是迪亚兹使我头痛的，而不是罗德里格斯。

我对他说：

“我一直以为，两者是一码事。”

“啊，是的。”迪亚兹没有同我争论，“只是，次序不允许忘记。”

我问：

“什么次序？”

“权力在先，法律在后。”迪亚兹平静地说，脸上挂着他那独特的笑容。

我们就这样站着，我们必须做出决定：是逮捕恩里克·萨利纳斯呢，还是仅仅监视他，以等待时机。

不。

我的脑海里，许多事情现在已经慢慢地纠缠并交织在一起：作为侦探的我手中保留的部分侦查线索；审问；恩里克的日记；以口供不足为借口，我同他和年迈的老萨利纳斯——一个坚守到最后的老狐狸的长篇谈话；他们俩在监狱里的聊天录音；最后还有我对所有这一切的种种不成熟的想法。千头万绪，盘根错节，这让我担心，我的讲述将比当初想象的要困难一些。

这段时间里，我们只是打开了恩里克的档案袋。我们已经知道了他的情况。在刑事记录里，他作为抽象的资料出现。我们也知道，他迟早要亲自出场。我们不谈他——没什么好谈的，我们只是知道而已。我们耐心地等待着，不去想我们正在等待。我说过，那时候我们有许多事情。必须阻止暗杀事件。至于他的案子是否正巧就是暗杀事件的组成部分，这对我们来说真的是一码事。登记在册的人迟早会成为怀疑对象，这里没有争议可言。这是确定的事实，就像我现在坐在这里，在牢房里写作一样，只是……我们不说这个了。我的判决还没有下来，如果下来了，他们也会给我留出一点时间。如果不能留出更多的时间，那至少应该留到上诉为止。我知道这种事情是个什么流程。

总之，我们的资料库已经知道，恩里克迟早会干坏事的。他的命运在我们这里已经决定了。然而，他自己还没有做出决定。他犹豫着，拖延着时间。他在街上徜徉或者写日记；他开着两人座的阿尔法·罗密欧轿车兜风，找朋友玩；或者同一只毛茸茸的小猫一起躺在被窝里睡觉，如果他正巧有兴致的话。恩里克·萨利纳斯很年轻，只有二十二岁。在我们的眼里，他的长发、短髭和小胡须使他变得非常可疑。他沉思，跑来跑去，谈恋爱。他在家里待的时间少。玛丽娅站在窗边等着他。这并不是说萨利纳斯宫殿的十八层能看到许多东西。从这里往外看，大弯道上车水马龙，如同蚂蚁般繁忙。然而，玛丽娅——玛丽娅·萨利纳斯，恩里克的母亲——那时候在窗边度过了她所有的时光。

萨利纳斯在那里找到了她，他从办公室回来后，跑遍家里富丽堂皇的各个房间寻找玛丽娅。他一言不发地站在她的身后。

“我害怕。”过了一会儿，他听见玛丽娅说。

“我们没有理由害怕，玛丽娅。”他回答道。他们都沉默不语。

“海尔南德兹失踪了。马尔迪诺被处决了。薇拉从家里被带走了。”玛丽娅列举着，压根儿没有转身。

“我们和那些被带走的人不一样。”萨利纳斯搂住她的肩膀。

玛丽娅有点儿平静下来。萨利纳斯的肩膀散发着力量。力量、优势和安全。这个萨利纳斯是个狡猾的老狐狸，但你们别以为他有多老。他看起来比实际年龄年轻。他五十岁。这在一定程度上是最好的年龄。

“你看！”他又听到玛丽娅紧张的声音，“费德里戈，往那边看！”她指着街道。在那里可以看到一辆黑色豪华轿车，这是一辆封闭的轿车，是我们科的一辆轿车。那时，我们在大弯道上突然有任务要执行。

“离开窗户到这里来，玛丽娅！”萨利纳斯果断地说。

别以为这些谈话是我想出来的。我当然不在那里，怎么能在那里呢？不过，他们来过我这里。我看见了他们，也听见他们说话。我盯着他们，审问了他们。我负责记录他们的口供。直到后来，这些庭审记录突然就开始指引我了。

我们也审讯了玛丽娅，怎能不审讯她呢？这实际上是迪亚兹的愿望。我表示抗议，因为我没有看到任何意义。迪亚兹却坚持要这么做，这样我才审讯了她。我审讯了一次，后来依迪亚兹的愿望，又审讯了几次。玛丽娅是个漂亮的女人，苗条，整洁，优雅。她的头发是深色的，没有染过，这是有原因的。她头上几根闪亮的白发为她增添了光彩。玛丽娅四十八岁了，但仍是那样的勾人魂魄，如果我撒谎的话，让我变成什么都行。多么美丽的眼睛啊！我目不转睛地盯着它们，就像苍蝇爬在纸上。我时不时感觉到，是她在审问我，而不是相反。随后，我就在这双眼睛里觉察到了恐惧。即使我还不能平静，但这至少恢复了我们之间的秩序。不，如果这样的妇人恐惧的话，是会吓着人的。

我们不可能从她身上得到任何东西，这一点我们所有的人都清楚。我不喜欢没有意义的工作。我也把这个告诉了迪亚兹，正如上文中提到的那样。

我对他说：

“这没有意义。我宁愿把这个妇人从案件中排除出去。”

“不行，她会受到伤害的。”他点头示意。这时候，迪亚兹能变得很风趣。当时，我把这句话只看作是他的风趣。然而，他并非这样的人——我说过，我是新来的小伙子，还不可能对我们工作中所有的微妙之处了如指掌。玛丽娅·萨利纳斯必须活着，她才能够哀悼，才能够对我们的新闻进行诽谤。在这盘棋中，每个人都要扮演自己的角色，而这就是她的角色。于是，我们关照她，就像是关照彩蛋一样。她参加了形式上的审讯，我们提问时彬彬有礼，即便是等待庭审时也不想让她受到伤害。这些审讯就像是一趟一趟地跑诊所。每次审讯，都有厚厚的记录本作证。这类事情是重要的，我们所走的程序具有毫无挑剔的合法性。

我与萨利纳斯已经可以像拉家常那样交谈了。过了一段时间——在我们已经可以把他的案子视为结案之后，我成功地赢得了他的信任。后来，他对于这些交谈也感到很高兴。这是可以理解的，因为这种时候他可以回想起他曾经喜欢过的东西。通过回忆，可以重温生命中的某些片段，也可以去玩味自己的厄运。只是我可能已经忘记了，我究竟是谁，而且——既然案子已经审结——我是作为忠实的证人在倾听他的讲述，就像虔诚的学徒那样。

其实，我知道得很清楚，他们在谈论什么，甚至比我自己在现场时还要清楚。

“费德里戈……这还会持续多长时间？……”玛丽娅问。

“不言而喻，现在是紧急状态。”萨利纳斯说。他已经有点儿厌倦了。他已经说了一百遍，如果需要的话，还要再说一百遍。他点燃一支香烟。萨利纳斯吸的香烟带着香味，不管买什么他都青睐名牌。他还能允许自己这么做。

“因此，不会太久了。”玛丽娅继续追问，但她没有得到答案。“不会太久，”她催促萨利纳斯，“是吧，费德里戈，不会太久？”

“是的。”萨利纳斯安慰她，“这种事情总是这样的，我能举出无数的例子来。事情总会得到解决的。越糟糕的事，判决越快。”他停了一下。“只是我们必须生存下去。”他说，“我们有的是机会，玛丽娅。”他微笑着补充说。

这是不错的台词，尤其是在家里使用的时候，而且萨利纳斯已经把每个细节都仔细琢磨过了。

玛丽娅也知道，接下来的是什么。

“如果我们远离那两个圈子。”说这话时，她好像是在祷告。

“说得对，”萨利纳斯毫不动摇地点了一下头，“远离追捕者和被追捕者。”

“这么简单，费德里戈？”玛丽娅问道。问题来得突然，有些不符合游戏规则。萨利纳斯用怀疑的目光迅速地瞥了一眼妻子。他需要考虑。

“不。”他小心翼翼地说，“很显然，圈子是越来越扩大了。”

“就像漩涡一样。”玛丽娅说。

“如果你喜欢那样说的话。”萨利纳斯优雅地赞同了她的说法。他等待着。什么也没有发生。玛丽娅对这个比喻很满意。萨利纳斯平静下来。“一切都取决于时间。”他说。

“取决于事情的速度。”玛丽娅说。

“当然。”萨利纳斯点了一下头。他们又一次摆脱了困境。现在，他们每天晚上都要这样表演一遍。令人棘手的游戏，需要注意规则。

“我要窒息了！”玛丽娅突然开口说。

“不，只是有点儿喘不过气，”萨利纳斯想逗她高兴，“就如同我，如同每一个人。”她会突然紧张起来。现在真的是紧张了。“别看你的表，”他对妻子说，“他会回来的。”

此后，他们沉默不语。他们分别坐在两张扶手椅里。萨利纳斯喷吐着带有香味的烟圈。他伸出长长的、肌肉发达的双腿，黑色的漆皮鞋在黄昏的微光中闪闪发光。他解开高级西装的纽扣，松了松时髦的领带。

玛丽娅直着腰坐着，双手放在大腿上。

他们在等。两个人都在等恩里克。我们已经把恩里克记录在案，他们惶恐地盼望着他回来，就像盼望他们的命运一样。

恩里克的日记放在我的面前。我正在翻着它。对那些字迹难以辨认之处，我早已进行了译解，我熟悉它们的页码。日记是搜查住宅时我们没收上来的，恩里克死后我买了下来。我把它随身带到了这里。他们并没有特别为难我。我告诉他们我想写回忆录，需要笔记本。他们按规定检查了一遍，然后就交给了我。真的，我的情况还不错，没什么可抱怨的。说实话，在我们这里这样的愿望几乎得不到认可——那些绝顶聪明的规章制度的制造者就习惯写出这样的规定。我告诉他们那是我的日记。在一定程度上讲，我也没有撒谎：因为是我买下来的。

它在我手上是件好事。我把它买下来是做了件聪明的事。到今天我也不知道，当时是什么神奇的力量引导我把它买下来。我只管把它搞到手，因为我当时的感觉就是，不能让它落在别处。它应该在我这里。于是，我从我们资料库的头儿手里买下它。头儿掌管着这类资料，我没费多少力气就和他达成交易，因为我知道他的弱点，偶尔也能帮上他的忙。由于海关间常见争议和硬通货方面的考虑，有些品牌的酒精饮料当时短缺。我们每个人肯定都还记得那些无聊的岁月。他没有狮子大张口，买恩里克的日记其实我可以给他五倍的价钱。幸运的是，他不知道行情。之后，他对日记本去向的记录做了必要的修正。

你们惊讶吗？为什么？我还知道比这更奇特的故事呢，一旦讲起来我就收不住尾。我们这里发生了许多事情。调查局里也是人在工作。人不管到什么地方都是人，不管他们是多么不同。

恩里克是大学关闭时开始写日记的。也就是说，是在胜利日之后。

我翻开其中一页：

“讲述我的日子：不可能。讲述我的计划：没有。讲述我的生活：我没有活着。

“他们粉碎了我的希望，粉碎了我的未来，粉碎了一切。恶棍。”

我翻过一页。

“我存在着。这还是人生吗？不，只是植物。看来，在存在主义哲学之后只可能有唯一的哲学：非存在主义，即不存在之存在哲学。”

我承认，这对我来说有点儿高深。我不懂哲学。也许听起来有些怪异，我理解不了恩里克，就如同理解不了迪亚兹一样：我跟不上他们的思路。在一定意义上，他也使我头痛。当然，这是不一样的头痛，完全不一样。

我翻过一页。

“非存在。不存在者的社会。昨天，在大街上，一个不存在的人用他不存在的脚踩到了我的脚上。

“我在城市里散步。地狱般的闷热。我的周围是司空见惯的夜晚的喧嚣声。人行道上是一对对恋人和匆匆赶往电影院和娱乐场所的人。就像什么也没有发生一样，什么也没有发生。他们过着不存在的生活。或者，他们是存在的，而我不存在。大街上，两个男人中就有一个人像是丢了什么东西似的。这些警察无处不在，他们在窃听，在怀疑。他们以为，没有一个人关心他们。他们的想法是对的：人们不关心他们。这几个月已经够了，人们对他们已经习惯了。

“我进了一家咖啡馆，瘫坐在露台上。由于气愤、闷热和无助，我喘着粗气。拥挤的平台，小资们的蜡像展览。他们正在聊着商店、时髦货和娱乐。一个女人用尖利的声音不停地大笑着。女人们的香水味同她们臃肿肥胖的身体散发出的淡淡的、黏糊糊的味道混合在一起。我的右边是一位脸膛黝黑的男子，油光黑亮的美国式短发向后梳着，肉乎乎的脸在靠近耳根处肿了起来，就像得了腮腺炎似的。他的眼镜框是黑色的。他的嘴巴动得越来越厉害，发出吧唧吧唧的响声，像是在自言自语或是在吸吮糖块。但后来我才发现，他原来是在努力适应做得过大的两排假牙，他不得不寻求权宜之计。他的妻子同他在一起，姿色凋零，但风韵犹存。后来，一名秃头男子来到他们身边，他也带着妻子和一个面色苍白的年轻人。年轻人看样子是秃头夫妇的儿子。我不顾颜面地偷听了他们的谈话。男孩子很快找到了一句合乎时宜的话：今天天气真热。戴假牙者回应说：'天有没有热过，我无所谓。最重要的是我们已经度过了它。'后来，他突然宣布：'我们死后肯定会埋在黄土地里！'我吃惊地抬起头：也许，他还知道自己生活在何处？但他不知道，我坚信是假牙让他变得疑神疑鬼。他的上排假牙和下排假牙就像骆驼的两个蹄子（顺便说一句，如果让我再思考一下，骆驼不是有蹄动物），那是在他无能为力而又疯狂的时刻被强行安进嘴里的，因某种固执和充满仇恨的决定，而他现在就得永远携带着它们。他的妻子，那位风韵犹存的妇人不停地聊天，声音轻柔而又充满自豪感。她兴高采烈地讲述最新消息，说市场上已经有了新货，还把市场上能得到的东西都列举了一遍。秃头的妻子也插了话，后来秃头也插了话。他们的一致看法是：随着局势的稳固，生活在好转。他们愉快地声称，他们可以体会到商业生活中的动向。条件在改善——这是秃头的看法。乐观的气氛占据上风。他们又要了冷饮。我最想做的就是把炸弹扔到他们中间。”

我翻过一页。

“丑闻发生后，大学遭到关闭，从此就无法跟男孩子们交谈。可我知道他们在干什么事情，知道他们在某个地方见面。我去了名叫‘蓝色海岸’的浴场。他们在那里。我早就知道。我试图与C交谈。他嘲笑我。他说，他们是来洗浴的。他们不信任我。所有这一切皆因我的父亲，就因为我是他的儿子，一生下来就成了他的财产。每个地方都在排斥我。多么丢脸啊！”

我翻过一页。

“自杀的念头是傍晚时分产生的，很准时。这个时候是最有吸引力的。随着太阳的衰落，女人的诱惑力在增强，这就像热带淋巴一样，它潜入我的皮肤，软化我的肌肉，松弛我的内脏，把我的头往身体里面拽，融化我的骨头，充满甜蜜的厌恶，它允许深深的快感。我知道一件事能抵御它：我对我母亲充满焦虑的爱。

“此外，还缺少工具。父亲的左轮手枪藏在保险柜里。我错过了机会，没能拥有一支属于自己的枪，现在要再搞到手就非常难了。它最有优势：实用，干净，简单的响声无法形容。在我的想象中，枪响之后是深深的寂静，仅此而已。其他的一切都伴随着琐碎的劳动。上吊：选一条绳子，在天花板上选一个好地方，再打个结，尝试——难道椅子也是要我自己踢开吗？然后，只听咣当一声——我已经无法抵制这个壮观的场面，这个不可避免的、我所爱的人会看到的失礼行为。可怜的母亲啊！……要不，我就跳到大弯道上。但急速下坠，花费的时间，柏油马路一下子撞向我双眼的壮观场面，然后是尖叫！——我讨厌吃药。

"当然，生活也是自杀的一种方式。其缺点是，持续的时间太长。"

我翻过一页。

"在某些情况下，自杀是不可以接受的。实际上，这是对穷人的一种不尊敬。"

啊，我承认，在这一行行的文字中，有某种东西总是在遮蔽我的双眼。恩里克还年轻，非常年轻。对于任何事情，他都需要理由。要生活下去，也需要理由。这样的人还是个孩子，不是成年人。但由于这样的一行行文字，居然让恩里克的日记躺在资料库里发霉，这是我无法忍受的。即使是现在，买下它对我来说依然是一种安慰。

我翻过一页。

"我的生活中有令人作呕的东西。要结束这种无所事事，从寂静中走出去！……是的，沉默是真理。但这指的是那样的真理，它是沉默的，而且那些说话的人都是对的。假如沉默是完全的，且有上帝存在，这时的沉默才是有效的真理。在这种情形中，我们可以谈论人类的一种罢工，就像谈论天堂里要求上帝加薪一样。

“因此，我必须说话。甚至比说话更多：我必须行动。我想尝试继续一种那样的生活，我努力把它变得有价值，以便让我活着。”

我翻过一页。

“昨天晚上的事故。我亲眼看见一辆白色小轿车撞向一个摩托车手。尖叫声。人们把轿车后座上的女乘客放置在人行道的边上。人们在围观。她的血在车道上汇成了小河。

“今天早上，跛脚的卖报女人。她有一个小女孩，非常漂亮的孩子。看得出，她是卖报女人唯一的希望。她给女儿穿衣打扮超出自己的能力，还给她买了许多甜食。今天早上，小女孩逃离了她，站在远处的车流中。母亲呼叫她也没用，女儿从远处刺激她，指着自己长长的鼻子，还扮鬼脸。跛脚的卖报女人不断地引诱着她：‘过来，我的小女儿，快过来吧，把你的巧克力吃了吧！’最后，孩子终于往她的方向移动。当快到她身边时，卖报女人一把抓住她，开始打她，带着残疾人的顽强和她们所希望的对嘲弄者的残酷。

“我是各种暴行的病人，尽管现在这已是我们这个世界很自然的秩序，我还是想行动。”

我翻过一页。

“我在大街上碰见了R。”

我翻过一页。

“我们同R交谈。一种可能的友谊？有趣的是，我们在大学里彼此几乎不认识。”

我翻过一页。

“R来看望我。他承认，他在大学里恨过我，我看起来像是富裕的、无忧无虑的花花公子。我们开怀大笑。拉蒙很穷，靠奖学金上大学，夏天和假期得打工。然后，我们互相倾诉。他对整个事情的看法和我一样。但是，他心中的苦涩更加强烈。也许，多了点儿。但这是可以理解的，因为为了能够学习，他牺牲得更多一点，而现在一切都表明是徒劳。他承认，他非常害怕。这种感觉经常伴随着他。虽然如此，他还是决定铤而走险。有趣的是：我不害怕，而且还小心谨慎。他说，他必须干某种坏事，只是这不仅不能把他从害怕中解脱出来，而且还把他最终与那件事绑在了一起。我问他是否计划干这种事，或者也许已经在替什么人工作了。（人们纠缠在多么愚蠢的表述中啊！）他没有果断地回答，而是模棱两可地笑了。连他也不信任我。我绝望了。

“然而，母亲认为R不值得同情。我问为什么。‘他长着奇怪的眼睛。’她说。这就是理由！我大笑了一番，并亲吻了她。”

我翻过一页。

“R来看望我。我对他说，我也许会参与某种有意义的事情。他什么也没有许诺，但我依然感到轻松了些许。终于，我打破了令人压抑的沉默和我的小心翼翼。现在至少有人知道我了：我将不会像以往那样孤独。我必须赢得他的信任。我敢肯定他在干某种事情。”

我暂时停下来，合上日记本。我坐着，沉思着。我想起恩里克，这个孩子是那样地渴望生活、行动、友谊和爱情。

我想起R，恩里克猜测出了突然与他建立友谊的可能性。

这个R我们非常熟悉了。他叫拉蒙，玛丽娅的话排除了一切疑虑。他叫拉蒙，是的，拉蒙·G，他还有一个名字叫金属眼。

我该怎样描述他呢？请你们想象一只吸血虫，一只有热情的吸血虫——这样就能找到拉蒙。他总是在吸吮某人的血，坚定地，持续地，充满虔诚地。他有特别的能力让人开口说话。如果我知道他是怎么做到的，让我变成任何东西都行。当他把吸血管插进一个人的身体时，这个人差不多马上就开口说话，仿佛他用自己的唾液把某种疫苗注射进了受害者的身体。我认为，这样的家伙都有一个诡计：他们用某种东西引起人们对他们的兴趣，然后立即默不作声。再后来，就只是在倾听。哦，当然，他们有的是时间。这样的人看起来像是迷途的家伙，只有受害者才能拯救他们，受害者使用的是废话、建议，经常还用金钱，甚至是身体。在这些手段当中，就拉蒙来说，女人或男人对他几乎是一样的，他对两者都很喜欢。但这并不等于说，他会为此不惜一切代价。拉蒙是谦虚的，他总会发现各种机遇。他把一个人的血吸饱后，便从他身上掉下来，然后再爬到另一个人身上。到这个时候，他才回忆起以前所有的猎物的味道，而新的受害者经常总是愿意获知：拉蒙的熟人圈——与其熟人圈子部分吻合——全由白痴、道德僵尸或者下三烂组成。这时候，受害者开始滔滔不绝地说话，表现出与自我截然相反的面目。拉蒙则在倾听。拉蒙用倾听鼓励他，用理解鼓动他，用谦恭和惊讶刺激他，用自己的微薄之力把他抱起来，放在某种东西的底座上。他用全神贯注的、僵硬的、目空一切的、一动不动的、有点儿疯狂的眼睛贪婪地死盯着受害者。这期间，他已经在想下一个了。

拉蒙是个英俊的年轻人，高大，消瘦，皮肤黝黑，宽松的运动衣穿在他身上还挺得体。他经常以这身装束出现。

玛丽娅只是觉得他的眼睛古怪。哦，对了，调查局的毒品专家能用更准确的语言表达这个。当时，我们对这类事情很认真。国家的道德存在基于调查局的良知，上校强调了这一点。他想看到纯洁的人民和纯洁的心灵。这是他的那些特别讲话中的内容，他在议会和调查局都是以同样强调的语气发表这些讲话。于是，我们到各地打击了几次。毒品的价格已经上涨。拉蒙正缺毒品，因此他的眼睛变得更加无精打采，更加铁灰色，更加恍惚。他没有别的办法，只有诬陷、害怕、认清形势和苦涩。

他对恩里克说的话都是真的。他拿到了奖学金，但假期必须打工，因为他穷。此外，拉蒙穷并不是因为爹娘穷。拉蒙十七岁那年离家出走。只有鬼才知道他为什么要这样做。他没有前科。我们知道他的事，是因为我们感兴趣。他是同麦克思一起跑的，麦克思是尽人皆知的同性恋，他在职业栏里写道：哲学家。他离开麦克思后到处流浪。他来到一个生产手工艺品的公社。男人和女人混在一起编织工艺品，一丝不挂。我不知道这里面有什么享受可言，要是能知道的话，我宁愿变成任何东西。他离开公社后和一个姑娘同居。他离开这个姑娘后，和一个比他大十岁的妇人同居。他离开妇人后……我就不往下说了。正如人们所看到的那样，拉蒙的性格不安分。他为自己的脚下寻找坚硬的土壤，因为他害怕。他害怕自己和所有其他的人。他害怕社会，因为——他说——他了解它杀人的法律。他尤其害怕警察，害怕他们又憎恨他们。但如果想听我的看法的话：拉蒙需要的就是害怕。天知道为什么，可别指望我解释。我对灵魂一无所知，我愿意当警察，这是我的职业。可以说，这样的家伙被带到我们这里来并非什么大新闻，像他这样的人有的是。他们害怕就是为了让恐惧感突然消失。他们将任何事情、任何人都看成是卑贱的，为的就是让他们自己也成为卑贱的人。就每个人而言，每个人都与别人不同。这个拉蒙同时在上着大学。大学里几乎没人怀疑他什么。他考试成绩优秀。他靠自己的知识赢得了威望。他靠自己的风度征服了教授们。他听他们讲课，他们则与他交谈。只是他的眼睛……但这个我已经说过了。各位对此有何看法？这个拉蒙就是这样的人。

他是偶然落在我们手上的。就是说，他当时落在了我们手上事出偶然。在别的时候，他也是跑不掉的。他迟早会落在我们手上，我对此毫不怀疑。恩里克日记中写到的“大学丑闻”为逮捕他提供了机会。

那不是一个太大的丑闻。我们带进来几个小崽子，谁也没有特别注意他们。我们刚过完胜利日不久，每个监狱和拘留所都人满为患，被拘留的人就像沙丁鱼一样挤在走廊里。我们没有太多的时间去澄清大学的民主问题。偶然能听到一两记耳光的响声，但迪亚兹很快就把大部分人给放走了。他的眼睛却盯上了拉蒙。迪亚兹把他叫到走廊，他按照要求把额头、手心贴在墙上。

前一天晚上，我们值夜班。我已经厌倦了这些小崽子。

“你想从他身上搞到什么？”我问迪亚兹。

“我还不知道。”他回答道。迪亚兹是个不知疲倦的人，他的眼睛是不可能被欺骗的。那时，我们对拉蒙一无所知，只知道他没有前科。这一点我们通过电话就可以了解到。更多的就什么也不知道了。我们处在一个时代的开端，刚刚取得胜利，登记制度也不完善。需要好几天的工夫才能查清一个人的资料。迪亚兹很急。我们有事情做。

迪亚兹让人把他从走廊请进来。他让他坐下，随意提了几个问题。拉蒙开始还算镇定。但迪亚兹很会提问。一刻钟后，拉蒙开始大喊大叫起来。他忍受不了紧张。他没有对恩里克撒谎：他必须干某种坏事，他最终把自己与这件事捆绑在了一起。迪亚兹的运气在于他在拉蒙身上觉察到了这一点。迪亚兹喜欢帮助那些需要帮助的人。

我说过，拉蒙开始大喊大叫。他把所有的憎恨都发泄到了我们头上，就像呕吐的人那样。他管我们叫诬陷者，说我们为清白的人编织了一张网。他叫我们屠夫、凶手和刽子手等等。迪亚兹低头听着，胳膊肘支在桌子上，将五指在面前收拢。他在休息。这时，拉蒙突然沉默了下来。寂静，长时间的寂静。迪亚兹艰难地站起身来，绕着桌子转了一圈，然后一条大腿搭在了桌子上。这一直是他最喜欢的坐姿。他就这样坐了一会儿，与拉蒙面对面。突然，他弯下腰。他没有过分用力，注意着不让拉蒙身上留下明显的伤痕。接下来是罗德里格斯登场。我这个新来的小伙子在做审问记录。

这之后，就已经不需要再费口舌了。拉蒙坐回原来的地方。迪亚兹问他抽不抽烟。他抽。迪亚兹把雪茄烟盒递给他。罗德里格斯问他渴不渴。他渴。罗德里格斯把杯子放在他的面前，从冰箱里拿出橙汁。（那时，我们就是靠这个可恶的橙汁度过一整天的，干着地狱般的工作，忍受着地狱般的炎热。）

迪亚兹简短地向他交代需要做什么，即他必须在什么时间、以什么方式和形式把报告交上来。

从他那里，我们第一次听到恩里克·萨利纳斯的名字。

我承认，迄今我一直在翻阅恩里克日记的某些部分。我做得还不够。这是事件的重要线索，它导致引起死亡的驾车案，忽视它是不聪明的。

他也不够诚实。我却想成为诚实的人——如果现在不诚实，要等何时？首先，是对恩里克要诚实，但对诚实的艾思泰拉和我自己也要诚实。

我往回翻，几乎翻回到恩里克日记的最前面。

“如何才能使一张嘴的形状（和它的动作）变得像一朵花一样（哪怕是一朵风中的花），这简直完全不可能。但还是有这样的嘴的。”

我翻过一页。空页，上面只有两个字母：

“E. J.”

艾思泰拉·吉尔。或者更简单地只叫吉尔。她更愿意使用后者——她的英国名字。她母亲的祖上是美国人。

我翻过一页。

“吉尔看起来就像是心里充满了阳光。整个下午我都在晒日光浴。”

是的，这是恩里克的声音。自杀的诱惑，混乱的街景，自我鼓动，仇恨和爱情。所有这些盘根错节，相互纠缠在一起。恩里克涉世不深，还是个年轻人。

我翻过一页。我需要翻很久。没有任何前因：

“它是怎样发生的？我不知道。我突然用胳膊把她抱住。我关上门。我朝她弯下腰。我把我的嘴插进她的双唇之间。我们躺在沙发床上厚厚的、有印度花纹的被子上。我们裸着身子，依偎在一起。我感觉到她想要。可就在这时，可怕的、愚蠢的和无法解释的事情发生了。我必须写下来。只有这样，我才能摆脱它。但那漫长的几分钟里可怕又可笑的梦魇至今还在缠绕着我。

“那就快点动手写吧！总之，我不能回应她的愿望。我几个星期来就等着这个时刻。我只是躺在她的身边，无能为力。她拥抱我。我感觉到她在颤抖。后来，颤抖消失了。她只是抚摸我，用已经凉下来的手，就像护士一样。我不敢看她。这时，她开口了。她说，她感激我。我本可以娶她，把她变成我的，但我要的是她，而不是临时的、偶然的床笫之欢。她说，她永远不会忘记这件事。她感激地依偎着我，但现在她的身子已经冰凉。她吻我的双眼和额头。然后，她站起身来，开始穿衣。这期间，她不断地看着我，微笑。我把手伸向她。她坐在我的身边，坐在沙发床的边上。现在是她朝我弯下腰。她开始抚摸我。她的手是多么的轻巧和柔软啊！她抚摸着我，直到……这时，她再次脱掉内衣。非常慢，而且经过了考虑。她一边看着我，微笑着。我几乎没有了理智。最后，她躺到了我身旁。这时……

“后来，我们去了一家酒吧。整个晚上我们都在笑，我们都在笑，我们都在笑。”

我翻过一页。

“幸福夺走人的理智。这并不是问题。幸福使人麻痹。我忘记了其他所有的事情。我活着，好像我有权利活着一样；我活着，好像我真的存在着。我在制订计划，幻想未来，建设我们俩的生活，我想娶她为妻，好像除了我们之外没有任何其他人活着。这期间，我感到这是多么不可能，因为没有未来，只有现在、普通状态和紧急状态。”

我翻过一页。

“我同她交谈。我告诉她我在想什么。她理解我。她赞成我说的一切。我感到一种说不出的感激和轻松。我抓住她的手。这时，她突然开始谈起婚礼，谈起如何布置房子。”

我翻过一页。

“我再也忍受不下去了。我是白痴，我自己也不知道想要什么。我必须作出最后的决定：或者她，或者……如果我们俩？不，那不可能……如果有可能呢？我看不清楚，问题就是我看不清楚。其实——可怕的感觉——现在我想起来了，我压根不了解她。不仅不了解她，也不了解我自己。起码了解得不够。我必须知道我要什么。我必须了解她和我自己。但怎样呢？交谈是不够的，言语澄清不了任何东西。我必须找到某种办法。但是，是什么办法呢？”

他想到了开汽车。

我得把这次开车经历写下来。不会困难的，因为每一个细节我都了解。恩里克在他的日记里写了一个草稿。但我也同他亲自谈过这件事。缺少的部分由艾思泰拉补充。或者，我们干脆叫她吉尔。

当时，我们也审讯了她。我们不是非常需要她。她说她是在不知情的情况下卷入案子的，我们接受了她的说法。事情的确就是这样的，我们不想从她那里要任何东西。但是，制度就是制度。审讯记录必须记下所有的情况。在这个案子上，我们可以再次拿出一份那样的记录，它仅仅证实了我们的调查无所不包的彻底性和公正性。

当时，我对她生出一种敬意。在那些日子里，恩里克的命运已经有了清晰的轮廓，他的判决在审理过程中看起来就已经注定了。吉尔是他的未婚妻。哦，有时候这会令人感动。

半年过后，我又碰见了她。那时恩里克已经死了。我开始彻底了解他的故事。就在这个时候，我的头痛发作，这是折腾人的、无法消除的头痛。

我于是拜访了艾思泰拉（或者干脆叫她吉尔）。她已经有了丈夫，名叫阿尼巴尔·罗克·T，一个名声不错的企业家。我请求她给我一个上午的谈话时间。这个姑娘是多么害怕啊！……在巨大的解脱之后，她变得多么的温柔啊！……

我在思考，是什么把我引到了艾思泰拉这里。这是不可战胜的东西，是某种强迫。我已经说过，现在也说：我对灵魂一无所知，对自己的灵魂更是如此。我只是感到有一个灵魂，但我确信这一点。在这个案子里，每个人都必须付出自己的灵魂。哦，我必须告诉她：她不可能干干净净地逃脱掉。玛丽娅在哀悼，她必须以别的方式付出。吉尔也知道这一点，别以为她不知道。她为什么屈服？也许，首先是因为恐惧——我也给她提供了这方面的理由，我们就此没有争议。但也不仅仅是因为恐惧，对于这一点我任何时候都敢发誓。吉尔是狡猾的，她尽力表现出我们的关系是敲诈与被敲诈的关系，而且她也能为此找到理由。我想，要使我完全信服是永远办不到的，问题是她在多大程度上能使自己信服。她也许是想赎罪，而我是在她身上寻找帮凶？她是不是在可怜我，或者是在藐视我？——我把这个看成是她的事情。但本案绝对不能容忍的是，与之有牵连的所有人都是清白的；吉尔也必须领悟这一点，我认为——当她急着嫁人的时候，她幻想了很多。

这是甜蜜的、折磨人的关系，邪恶的关系——我承认。然而，这可能正是它的魔力所在。有一次，受某种愚蠢的力量的驱使，我竟然给吉尔读了恩里克的日记。请相信，我不是因为卑贱才这么做的。要知道，我给吉尔读恩里克的日记并不是因为我想折磨她，或者让我……怎么说呢……得到快感。这对我来说并非快感。只是恩里克的影子完全笼罩在我的身上，我感到它非常沉重。我想要它笼罩在我们两个人的身上。我有权提出这样的要求，不管旁人说什么，我有权，因为我们互相属于对方。恩里克的影子笼罩在了我们两个人身上。我想要的是，我们一起承担它，一起在它的下面行走，就像在一顶可怕的大伞下面，两个人迷失在暴风雨之中……

真愚蠢！她的精神崩溃了。她猛扑到床上，尖叫起来。她说，我们每个人，我，恩里克，每个男人和整个生活都是凶手。

“你们是凶手！”她尖叫道。

“那么，你呢？”我问，“你是什么？你是婊子，最后一个荡妇！”你们相信也好，不相信也好，但我吃惊地发现，我指责她出卖别人，谴责她与犯罪嫌疑人即恩里克划清界限。我，终究还是愿意当警察。

然而，我非常理解吉尔。她是女人，首先是女人。

简言之，有一条公路。它在海边延伸，通往有一个半岛的海湾——这个你们是知道的。去“蓝色海岸”的人必须使用这条道路。那天，恩里克和吉尔去了“蓝色海岸”。他们想游泳。恩里克在海滩寻找一个人。

他找到了想找的那个人，如果没找到的话，就让我受诅咒吧。那些头发脏乱的家伙正在那里聚会。他们的想法是狡猾的：在巨大的海滩上，他们选择了一处偏僻的地方。他们放下便携式收音机，我们的监听器只能失灵了。我们给他们拍了照，拍了十打胶卷。他们对此不予理睬，知道我们反正要认识他们的。我们本来可以抓住他们，怎么能抓不住呢？结果呢？他们都是职业杀手，什么也没干。从他们的嘴里我们一句话也掏不出来。从他们那里本来可以知道的事情，反正也会知道的。整个事情就是一个假象，他们没有冒多少风险，行动也不是由他们完成的。我们还能做什么呢？只能监视他们，直至时机成熟。然后，所有的人都消失了，仿佛是躲到了地下似的。我们的职业是令人诅咒的，我不会推荐给任何人。

这个C也在那里，他的名字我就不用写了。如果你们还记得的话，恩里克在日记里曾提到过他。请你们放心，不只是恩里克给他做了记录。如果他没有插手暗杀事件的话，我宁愿变成任何东西。但当我们获悉他们正准备搞暗杀的时候，他们已经逃之夭夭了。

这帮人不和恩里克说话并非因为他的财产。这些人中也有富家子弟，而且不止一个。他们对恩里克的钱只可能感到高兴，但恩里克还没有文凭。我说过，这帮人是职业杀手。他们脑子里可压根没有冒险这个词。也就恩里克这个孩子能想出来到他们中间去，而且可能会立即加入他们，就像在征兵办公室里一样。

他去了那里。他看到的是一帮快乐的学生，他们正在讲大学里的笑话。每个人都讲一个段子，其他人则在捧腹大笑。

嗨，原来如此。恩里克迈着沉重的步子回到吉尔身边。吉尔那天很漂亮，她穿着色彩鲜艳的衣服，没有这样的衣服，她在海滩上会显得更漂亮。然而，恩里克却怒火冲天。

“离开他们吧！”吉尔想使他高兴，“你和他们不是一类人。”

“为什么?！”恩里克怒气未消，“因为我姓萨利纳斯吗?这就能决定一个人吗?！”

“你是个资产阶级分子。”吉尔刺激他。吉尔把食指摁在恩里克肚子上拳曲的体毛上，用手指甲温柔地梳理着。这个细节我是从恩里克的日记中知道的。“你是个资产阶级分子，资产阶级分子，小资产阶级分子。”她轻声说道。

恩里克还是大怒。

“离开他们吧！”吉尔告诉他，“你现在关心关心我吧！在这里不好吗？你为什么不想幸福呢？”

“幸福，幸福！……”恩里克大怒。后来，他的怒气慢慢消了。我想，是因为吉尔挠的。“我当然想幸福。”他说，“因为我爱你，见鬼！但有些情况下，当幸福……只有幸福，而不是别的……简直是无赖。”

“为什么？”吉尔眯着眼睛问。那天，阳光强烈刺目。

“因为，”恩里克辩解说，“在每个人都不幸福的地方，我们也不可能幸福。”

“每个人？”吉尔瞪大眼睛看着他，“看着我。我不是那样的人。”她微笑了。他也许认为，她是不幸福的。

恩里克能做什么呢？他亲吻了她。然后，他们下到水里。海水是温的，人不多，他们游到了很远的地方。用双臂拥抱着吉尔，恩里克很快就忘记了报复，也忘记了哲学。

他又一次萌生了回家的念头。

在公路上。

恩里克的阿尔法·罗密欧小轿车奔驰在回家的路上，他坐在方向盘后面，吉尔在他旁边。他们的头发在飘扬，他们在飞奔。还没接近快车道的标志，恩里克就放慢速度。他的车速比规定的一半还要慢。

关于这条公路我得说几句。有的人可能没来过这里。或许是他们的记性不好。可能他们什么也没有发现。这样的事情是会发生的。归根结底，高速公路的规定就是为此服务的。有些家伙只顾往前看。这样的人是幸运的，我总是嫉妒他们。

简言之，我们在那个方向有个机构，不太靠路边，但离路也不远。去过那里的人都知道。那里装备着一切所需要的东西，如围墙、电动设备、瞭望塔等等。去过那里的人都可以看见。要知道，人们只能看见它的外表，更多的就看不见了。我们不能关闭这条道路。我们本来想把时常中断的贸易运输强行转入一条穿越半个国家的绕道上。由于有山脉的缘故，我们无法开凿岔路。这个项目开销巨大，国会也许根本不会投票。在国会里面压根就不可能有人知道这个机构。你们去问问国会代表，问他们是否知道。你们会看到他们将怎样回答。他们什么也不知道。这样，我们只能有唯一的一个选择：对高速公路作出规定，将速度降至最低。这样的话，就不可能看到很多，但还是能看到一些。上校不关心这个。好的公民可以把这样的告诫转化成利益。我们规定了八十迈。恩里克则把速度降到三十迈。违章报告是这样说的，附在报告上的照片也证实了这一点。

吉尔有些紧张，怎么能不紧张呢？另外，恩里克要她向机构的方向看，但吉尔对此没有兴致。

“你想让我干什么？”她问道。

“你为什么不想看？”恩里克问道。

“因为我和它没有任何关系。”吉尔紧张起来。

“那你和什么有关系？”恩里克问道。

“和你。”吉尔说。

“那么，”恩里克固执起来，“你也和它有关，因为它属于我。”

“这不是真的。”吉尔抗议道，“你在麻醉自己，恩里克。正常的人不会经常干这种事情。这对你来说不是别的，而是毒品。而我呢，你看，我是坦率的。为什么我们不能相爱，恩里克？我想成为幸福的人。我想给你生孩子。我对其他任何事情都不感兴趣。”

“你是聪明的姑娘，吉尔，我羡慕你。在暴政的铁爪下你不呻吟，却能发出满意的嗬嗬声。”恩里克这样说。至少他的日记是这么写的。但后来，吉尔也强调了这一点。“为什么你不想知道呢？”

“因为我不感兴趣。”吉尔说。她开始生气。

“吉尔，你说话的方式，”恩里克说，“好像是你在恨那些关在围墙后面的人。”

“是的。”吉尔强调说，“我恨他们，因为是他们隔在我们中间。”

就在这时，一辆警车尖叫着从他们旁边经过。警车超越了他们，然后横在了他们前方的路面上。恩里克必须停车。

你们知道接下来会发生什么事，是吧？刺耳的刹车声，砰砰的开门声，靴子在混凝土路面上发出的清脆的响声。两个人工作，一个人保安。他们携带着速射手枪。“下车，快点儿，快点儿，不然我把你拉出来！上身趴到车上，手臂向前，手指伸开！”

大概就是如此。小小的推推搡搡是免不了的，然后是搜查。女人的衣服尤其可疑，里面可以装下很多东西。例如，一个漂亮女人的身体。吉尔胸部的一块紫痕很长时间也没有消退。

我的评论是，他们是走运的，因为没有发现他们有照相机。他们的身上和车上都没有。另外，也没有发现任何其他的可疑物品。即便如此，巡警队长还是想逮捕他们。他的目光落在了恩里克的证件上。

“萨利纳斯。”他读道。他仔细地打量着汽车，问道：“百货商店老板？”

他得等待，他没有马上得到回答。

“是的。”他终于听到了回答。回答者不是恩里克，而是吉尔。

“我问的是你，哥们！”巡警队长用靴子磕碰了一下恩里克的脚。

“您已经听到了一次回答。”恩里克不友好地说。巡警队长的手下想动手，但被巡警队长阻止。

“没看到高速路的牌子吗？”他问道。这算不上盘问。但是，人们并不总是把最风趣的人派去当交警。

“看见了。”恩里克说。

“那为什么不遵守规定呢？”巡警队长继续追问。

“看样子，我的一个火花塞坏了。”恩里克解释道。

“坏你他妈的……！”巡警队长发表意见，“你会做得更好，假如你不是在公路上流浪而是学习！”

“那就请把大学的大门打开吧！”恩里克提出建议。现在，巡警队长自己也想动手了，但后来他还是改变了主意。萨利纳斯就是萨利纳斯，没辙。

“你们给我滚！”他后来说，“我会检举你的。我希望，你父亲拧断你的脖子。”

然后，他们继续赶路。他们坐在一起，恩里克在方向盘后，吉尔坐在他身旁。他们不说话，仿佛从来不认识一样。

“好吧，”过了一会儿，恩里克开口说话，他没有瞥吉尔一眼，“至少知道怎么回事也没坏处。”

“会有什么事吗？”吉尔耸了一下肩，“没什么。”他们沉默着。“我只是恨你。”她又说。

“我不恨你，吉尔。”恩里克说，“我只是遗憾，你是这样的人。”

“都一样。最重要的是，我们以后永远不要再见面了。”吉尔下了结论。

“说得对。”恩里克表示赞同。

后来，他们没有再说更多的话。他们就这样沉默着进了城。

恩里克感觉到，现在他至少已经知道了他想知道的事情。

当天晚上，还发生了一件事情。是一件重要的事情，恩里克把它写进了日记。那几页纸就像一份记录。这份真实的调查记录加重了他自己的心理负担。

但恩里克就是这样的人。他恨过也爱过，他保守过秘密，也把他的秘密写成详细的记录。

我打开了恩里克的日记。你们就听吧！

一切都决定了。奇妙得令人无法相信，但却是最自然的。好像——在我最隐秘的冲动的最深处——其实很早我就已经怀疑这个了。我必须写下来，这样的经历让我现在无法入睡。

我将尽力做一番总结。这会很难，今天发生了很多事，现在已是深夜，一整天所发生的令人难以置信的事情同时在我的心里翻腾。好啦，我们开始吧！

总之，我把吉尔送回了家，我还欠她这么多。随后，我自己也回到家里。我把车子停放在车库里，坐上电梯到了楼上。我跨进家门，望了一眼几个相通的房间，远远瞥见父亲和母亲的身影。他们一人坐一把扶手椅。父亲在吐着带有香味的烟圈。他伸出长长的、有肌肉的双腿，黑漆皮鞋在黄昏的微光中闪闪发亮。他解开高级西装的纽扣，松动了一下时髦的领带。

母亲直起腰坐着，双手一动不动地放在大腿上。

他们好像是在等待什么似的。

当他们发现我的时候，母亲立即跳了起来，急忙朝我走来。习惯用语："你去什么地方了？""海滩。""你待的时间太久了。""因为天很好。"等等。

老先生没有动，只是继续吸着他的烟。最后我开口说，我想同他说话。"很好。"他说着站起身来。他让我站到他身边，一只手指向书房，另一只手轻轻抓着我的肩膀。我闻到了他的味道：烟叶味、香水味和父亲的味道。我突然也感受到他放在我肩膀上的手，从他的手中流淌出力量。力量、优势和安全。

废话，但突然间，我几乎要大哭起来，我好想让他把我搂进怀里，就像我小时候那样。也许是因为吉尔的缘故。

嗨，无所谓。

总之，我简短地给他讲述了在公路上发生的事情。只是要点而已。他的眼睛连动也没动。

“照相机，”他问，“他们在你身上找到了吗？”

“没有。”我说。很偶然——但我没有说出来。我本想给吉尔拍照片，但匆忙中把照相机落在了家里。

“可能他们会罚款的。”他做了一个手势，“我们付就是了。好在还付得起。”他面露微笑，看不出有一丝的惊愕。“你去那里干什么？”他问。

“我去了海滩。”

“独自一人？”

“不。”

“你们碰巧在那个地方有了接吻的想法？”他在微笑。我很生气。我不喜欢让老先生拿我的性生活寻开心。

“我们没有接吻。”我说。

“是吗？”

“我想给她看一种有趣的东西。”

“我懂了。”父亲点了一下头。他站起身来，开始在房间里踱步。我以为他已经把我给忘了。突然，我感到他站在了我的背后。他把手放在我的头上。

“恩里克！”我听到他的声音，“你的日子都是怎么度过的？”

我耸了一下肩。我能说什么呢？

“儿子，”他说，他说话总是跟从前一样，“你妈妈在为你担心。”我脑子里又想起一些废话来。我去上学，他说：“你要照顾好自己，儿子，你妈妈在为你担心。”我有了自己的第一辆小轿车：“小心点，儿子，你妈妈在为你担心。”总是“你妈妈”，从来不是他自己。

但我不知道该说什么。就连脑子里想到的也表达不出来。

他把我晾在那里，自己坐到了办公桌后面，和我面对面。他打开灯。已经是晚上了，在台灯黄色的光环之外，沉重的棕色阴影伸向房间的各个方向。家的感觉。

“儿子，”他又说话了，“你为什么不对我坦诚一些？我们有的是时间，我听你说。”

这时，我把一切都和盘托出。我想起什么说什么，前言不搭后语，又很生气。也许，这是受吉尔的影响。我说了我的观点和对整个事情的看法。我说，我就是这样度过一天天的，除此之外我什么也不关心。

他非常认真地听我把话说完，我肯定说了一些语无伦次的话，因为我紧张。但我发现他是认真的，他的认真劲儿跟从前的我一模一样。他还从来没有像现在这样看着我，仿佛要看到我的骨子里去。他应该看——因为我要的就是让他看：我没有开玩笑。

当我说完的时候，他又站起身来，在房间里踱了几个来回。然后，重新坐回他的座位。

“这只是你的观点，恩里克。”他问，“或许比这更多？”

“你这是什么意思，爸爸？”

“我的意思是，”他回答道，“你是否还是自由的，或许你已经……”他犹豫了一下，“在为某人工作？”他终于把话说完。他的话是那样愚蠢，与几个星期前我对R说的话一样。

“还没有。”我说。

“还没有。”他重复了一遍，“就是说你已经尝试过了？”

“是的。”我说。

“然后呢？”

“我碰到一些障碍。”

他点了一下头。

“比如，你姓萨利纳斯。”他说。

“是的。”我回答道。他的眼神里有种东西一闪而过，我在当时的那个瞬间认为那是幸灾乐祸。我又发起脾气。“但可以冲破这堵墙，爸爸。”我接着说，“用耐心和决心可以冲破它。我相信这一点，而且我正在证明，你会看到的！”

现在，他又严肃了起来。他那探寻的目光打量着我的脸，我感到我的脸是坚硬的。这是我们之间的奇怪的决斗，当时我只是看到它奇怪的一面。当然啦，现在我已经看到了它的含义。

“听我说，恩里克。”他又说话了，“我得到确切的消息。不久大学将重新开放。”

“那就更糟了。”我说，“我们将受到更加严密的监视，他们以后还可能加强检查。”

“毫无疑问。”他点了一下头，“但你可以继续你的学业。”

“我不想继续。”我说，“没有意义。”

“你不能忘记自己的未来，恩里克。”

“我生活在现在，爸爸。”

“哎，”他做了一个手势，“这个现在是暂时的。”

我非常生气。

“我知道。”我生气地说，“只能暂时接受。暂时接受，可每天都是重新开始。每天都有越来越多的暂时。在我们还没有过完整而又暂时的一生时，在一个美丽的日子里我们将暂时死去。不，爸爸！不，不！”

“那么你要什么，恩里克？”他问。

“一种永久性的东西。”我回答，“一种坚固的和经常性的东西。我要的这个东西就是我。”我突然说，“我要行动，我要改变我的生活，爸爸。”

他的脸好像扭曲了。我才不管他呢！我只听到自己的声音，我终于说出了我最秘密的意愿，我的语气是那样坚决，我立即感觉到所有的一切都简单而明了。我没有更多的话要说。我想要站起来走出房间。但就在这时，我听到了他的声音：

“所有这一切都是幻想，恩里克。这个幻想在任何一个瞬间都可能会变成血腥的现实。”我不知道该做何种举动，因为他抬起了手，用手指指着椅子。“我从头到尾听完了你的话。”他接着说，“我希望你也能听完我的话。”

他是对的，我决定按他说的做。不管他说什么，我都做。我尽可能安静地听着，然后回答他可能提出的无聊的、可想而知的问题。

他开始说话了。他好像是在考我，好像是在考验我的耐心和承受力。他好像是在拷问我。我哪里能想得出，他真的就这么做了？

“恩里克！”他开口说，“我们认真地谈谈吧。也许你会认为我的话愤世嫉俗：我同意。但我是你的父亲，我是出于担心才同你说话的。这些问题——如果像你说的，你想行动——无论如何你必须面对。”

他停顿了一下，把香烟盒推向我。我们点燃了烟。

“你知不知道？”他说，“任何理性的理由都不赞成姓萨利纳斯的人起来反抗。”

“我不知道你把理性的界线划在哪里，爸爸？”我回答。

“在现实那边，恩里克。总是在现实那边。”

“也就是说在金钱那边。”

“其中也包括金钱，尽管不仅仅是金钱。”他在思考着，好像是在寻找最恰当的词汇。“比方说，在生活的机会那边。”他后来说，“我们有机会活下去。或者说，”他说，“我们有机会幸存：实际上，这就是我想说的。”

“是的。”我回答，“这毫无疑问。”

“你知不知道？”他接着说，“我们不仅有机会过普通的生活，而且有机会生活在安全之中……你等一下！”在我尚未回答之前，他抬起了手。“你知不知道什么叫不确定？”

我需要考虑。

“我知道。”然后我说。

“你从何而知？”

“我是今天知道的。在公路上。当警察用靴子碰我的时候。如果不是姓萨利纳斯的话，我想他们会把我打出血的。”

“是的。”他点了一下头，“我以前不可以提这个。我很高兴，你自己想到了它，恩里克。那么你知不知道，假如你去冒险，你不是为你自己而只是为了别人？”

他的问题又一次使我陷入沉思。

“在你划的那个狭窄的圈子里，我承认，是这样的。”我说。

“圈子总是狭窄的。”他从桌子后面把身子向我的方向倾斜，“当一个人决定上战场时，他必须知道为何而战，否则就没有意义。一个人同一个政权斗争，多半是因为他自己想掌权。或者，因为这个政权在威胁他的生命。但你必须承认，对我们来说，没有一个理由是成立的。”

“是的，我承认。”我说。我开始对这个游戏感兴趣。这其实是个可怕的游戏，我的心里心外感受到了一股奇怪的寒意，这种感觉我没法说得很清楚。我感觉他是对的，他的每句话都是对的，但此刻我的整个内心在抗议他的话。我害怕在谈话结束时，我不得不憎恨我的父亲，而我是爱他的。我为我的这种害怕而害怕，比害怕他讲出正确的理由还要害怕一百倍。

“你知不知道？”我继续听到他的声音，“你知不知道每个目的明确的组织都需要无知的工具？即使那时也是需要工具的，假如把这些工具命名为英雄，假如为他们中的少数人——总是非常少数的人——在散步广场上树立塑像？”

“我知道。”我用颤抖的声音低声说。

“你知不知道？恩里克，你到底知不知道，你在拿什么冒险？”

我又一次需要思考了。

“我的生命。”后来我说。

“你的生命！”他大喊道，“你说这话的样子，就像一个把已厌倦的破布娃娃扔掉的小孩子！你清醒吧，恩里克，你生活在僵硬的概念中，用空洞的词语思考。你在拿你的生命冒险，就连你自己也这么说。可你连想都没想，你在说什么。请理解你的生命：这是你自己，你就坐在这里，你拥有真实的过去、可以期待的未来，还有你对你母亲来说意味着一切。你看看这个夜晚，你往下看看大街，看看周围的世界：你想想，假如这些永远都没了。你抓住自己的身体，掐一掐你的肌肉——你想想，假如所有这些永远都没了。你能想象吗？你知道活着意味着什么吗？你又能从哪里知道呢？你太年轻，还理解不了这个，健康的……你还从未去过那个通向死亡的边界，也没有从那里转身往回走，高高兴兴地重新发现生命……但你知不知道，至少学校里是对你撒谎了？你知不知道，没有来世，没有复活……你知不知道，只有这个唯一的生命是我们的。如果失去的话，我们也将失去我们自己？你知不知道?！……”

我目瞪口呆地听着。他的话使我着迷，我还从没有见过父亲是这样的。我从来不相信他是懦夫。我哪里猜得到他考我的目的呢？

“我知道。”我说。我努力克制着自己，但我身体里有某种东西在颤抖。

“如果你知道，”父亲问，“那么你想要什么？如果没有理由斗争的话，你为什么要斗争呢？如果没有遭遇危险的话，你为什么要拿自己的生命去冒险呢？”他从座位上站起来，来到我身边。他朝我弯下腰，用两只手抓住我的肩膀。他的手是有力的，非常的有力。“为什么？”他问，“你说为什么？我想知道，你说吧！”

我于是就告诉了他。我把他的手从我的肩膀上拿下来，我精神崩溃了。吉尔依然使我神经紧张，使我说话紧张。我告诉他，我的生命没有危险，我只是现在不能平静下来。“宁可没有，”我说，“也不应该是这样的。”我谈了令我作呕的东西，谈了令我每天厌倦的东西。我憎恨我周围的一切，一切。我憎恨警察、报纸、新闻。我憎恨去办公室，甚至憎恨去商店，或者还有咖啡馆。我憎恨我周围的那些虚伪的目光，憎恨这些人，他们昨天还在鄙视某样东西，今天却为它庆祝。我憎恨忍耐、唯利是图、捉迷藏、没完没了的谁是谁的游戏、特权以及埋伏者……还有公路上的那个警察，他没勇气踢我，只是因为我姓萨利纳斯：与憎恨他用靴子碰我相比，我更加憎恨他这一点。我憎恨盲目、虚假的希望、海草一样没有希望的生活以及囚犯。这些囚犯如果一天不挨鞭子，他们就会呻吟道，对我们来说这太好啦……我也憎恨我自己，主要是憎恨我自己，只因我待在这里，什么也不做。我知道得很清楚，我至少暂时成了被打上烙印的人，而且越发变成这样的人，如果我什么也不做的话。吉尔又在我眼前浮现，她给了我令人恶心的有诱惑力的生活。

“而且，”我大喊，“我不能只是憎恨，我还要咬牙切齿。设想一下就足够了：我以后将好好考试，建立家庭，生儿育女；我将纳税，在我的园子里养花……总之，随着时间的推移，我将变成幸福的、心理平衡的囚犯！”

我沉默了，抬头看父亲发亮的眼睛。我有了一种奇怪的感觉，我失去了安全感。好像这些不说话的眼睛能看穿我，好像它们知道什么，而我却不知道。我又一次感到了他的力量，感到我是个孩子。

我困惑了。

“你不可能懂这个。”我说。

“你为什么这么想？”他慢慢地问，很严肃。

“因为……因为……”我尝试着回答，却找不到合适的词语，他好像控制了我，仅仅用他那高高在上的塔一样的重量、力量和目光。

“你以为我是懦夫？你以为我玩世不恭？你以为我愚蠢？”他问道。

“不，怎么会呢，你哪种都不是。”我说。突然，我又重新找回自我。“你只是不能走出你自己的影子。”我接着说。

“你在想：我是公民、资产阶级分子、企业主和股份持有者，是吗？”他问道。

我不知道是否想过这个。我不知道我是否可以去想。毕竟，我也只是这样的人。我有特权，因为他是我父亲。

不过，我还是对他说：

“是的。我不能忍受你的耐心。”

“为什么？”他问道。我想，我会从椅子上跌落下来。他是那样没有怜悯之心，就像一位审理案件的法官。现在难道要让我从头开始一切吗？

“因为，”我大喊，“哪怕半个小时的耐心我都没有了！”我跳了起来，“你不明白吗？我不能忍受再这样生活下去了。我成了病人，皆因无所事事、我的处境和不上不下！”这是一个好词，我为它感到高兴。“是的，不上不下。”我重复了一遍。“不上不下：疾病。是的，爸爸。”我说，“不上不下：这就是病理学本身！”我从房间里冲了出去。我感到我已经把要说的话全说完了，我不能允许自己再听到哪怕是唯一的一个理由。我感到我必须从他的重量和目光的引力中解脱出来，成为独立的人并最终真正地面对他……

我的手已经抓住了门的把手，这时传来他的声音。

“站住，恩里克！回来！坐到那里去！”他命令道。我服从了他，好像……是的，好像我只是在等待着某种东西，但我不知道这种东西是什么，只知道是某种大致的东西，是对噩梦后紧张情绪的一种缓解。

我必须指出——我不知道我为什么认为它如此重要——父亲没有坐，而是站在办公桌后面，两只手放在桌面上支撑着自己。准确地说，他不是用手掌，而是用伸开的十指支撑的，身子有点儿向前倾斜。

“我把你的话从头听到尾，”他说，“而你却没有听完我的话。”他沉默了。“我对你有一个建议。”他接着说，“你好好想想。我的建议是：我们一起工作吧，恩里克，你去参加那些男人做的工作吧，我也是他们中的一员。”

我已经记不起来我说了什么。我咕哝了什么。我只是准确地记住了他的回答：

“是的，恩里克，当然了。我以前只是不知道，我能在多大程度上指望你。从你说的话里我得出结论，我们可以信赖你。”

同时，他从酒柜里取出一个瓶子和两个杯子。我们碰杯，然后非常严肃地交谈了很久。后来，我们去了餐厅，母亲已经在座位上坐着，晚饭已经盛好了。我吃了很多，胃口很好。

我合上了恩里克的日记，不再需要它了。剩下的就是我们的事情了。这个事情是迪亚兹的，是罗德里格斯的，也是我这个新来的小伙子的。当然它也是逻辑的，是逻辑把我们引向了恩里克，也把恩里克引向了我们。

这个逻辑并不完美。谁说过它完美吗？最初应该是想法，后来才变成了逻辑。比如，当时我们并不了解恩里克的日记。我们能从哪里了解到呢？只是在搜查住宅的过程中，它才落到了我们手里。就是那时，我们中也没一个人去读它。我们不需要它，主要也是没有时间。当时发生了许多不愉快的事情，重要的事件接连发生。上校是紧张的。我们获悉一起暗杀阴谋正在准备之中，我们必须阻止它——至少要用一切手段加以制止：祖国和上校都要求我们这么做。那些头发脏乱的家伙全都消失得无影无踪。我们发出了全国通缉令，但其效果大致就如同比方说在一万公顷的马铃薯种植园里寻找五六只条纹不规则的科罗拉多甲壳虫一样。

所以，我们必须抓住在手边的，而恩里克正巧就在手边。我们在一张照片上认出了他，照片上和他在一起的那些人都跑了。他是怎么到了那张照片上的呢？他和他们是一伙的吗？如果是，那为什么他没有跑？也许，他是留下来当诱饵的？或者说他肩负着某种使命？可要这样的话，他们怎么能允许他出现在照片上呢？或许他和他们压根就没有任何关系，只是偶然出现在了照片上？

问题，全是问题。我们没时间去解决它们。那里有完整的、庞大的、机械化的机构，登记、特工、等待任务的许多警察：我们负责行动的组织与实施，而不管调查。我们干的都是重要的工作，琐碎的工作与我们无缘。恩里克的名字出现在了记录中。先是拉蒙告发了他，然后是在高速公路上违章，再后来就是照片。所有这些早已归档，但我们根本就没碰过它。现在，出于需要我们才把它调出来，我们的侦察范围随之发生改变。一切取决于逻辑。事件本身并不意味着什么。生命也可以看成是偶然的。警察局的用处就是把逻辑带入创造之中——我从迪亚兹的口中把这句话听了许多遍。他是个聪明人。就我来说，我不是非常喜欢他。他有许多次让我头痛。但是，真的就是真的。在我的生命中，我还从未见过比迪亚兹更优秀的警察。他天生是当警察的料，警察是他的职业。更重要的是，他知道自己想要什么，这在我们这个行业里可是大事情。

简言之，我说过我们那时是在黑暗中摸索，这是比喻，但在现实中也是如此。我们坐在黑暗的实验室里冲洗照片。我们把照片放大，然后对照片上可以看见的人进行身份鉴定。在“蓝色海岸”和其他的地方，我们给他们拍了十打胶卷，这个我已经讲过了。

哎哟，在“蓝色海岸”拍下的一张照片中我们发现了新面孔。他站在被通缉的那些人中间。这些人在大笑，而他看起来却闷闷不乐。拉蒙在现场，他马上认出那是恩里克·萨利纳斯。没有拉蒙，我们也能鉴定出他的身份。如果不能在最需要的时候让自己有用，那么特工是干什么吃的？

从这时起，恩里克·萨利纳斯每走一步路，我们都了如指掌。

一个星期后，我们从自己人手中得到一个胶卷。这是一个有意思的胶卷，是对我们辛勤劳动的奖赏。

上面可以看见恩里克。他跨进一家咖啡馆。他带着一个公文包，在一张桌子旁坐下来。

休息，剪辑。

一名男子来到咖啡馆。没有特点的男子，中年人，中等身材，无特别的识别标记。他带着公文包。瞬间的犹豫之后，他认出了恩里克，并在桌子旁坐下来。看得出他们在交谈着什么。他们把从公文包里取出来的纸匆忙展开。

一个信封从恩里克的公文包里露了出来。

在整理过程中，信封滑进陌生男子的文件之中。

那名男子把信封收了起来。

他们结束交谈，收拾起文件。他们付款后分别离开。

这就是胶卷上的内容。我们查清了那名男子，他叫曼努埃·费格拉斯。他是商务代理，几年来受雇于萨利纳斯家族。他有家室，有两个孩子。没有情人。没有前科。他的名字没有出现在我们的记录中。从萨利纳斯公司的人事科——那里有一个我们的人：为什么正巧在那里没有呢？——没有了解到关于他的任何情况，而这正是我们所感兴趣的。

费格拉斯离开咖啡馆，匆匆赶回办公室。他坐的是公共汽车，他那辆又破又旧的大众小轿车留在萨利纳斯商业楼前的大停车场上。下班后，他才再次出现。他坐进大众小轿车，径直开回家。

接下来的几天里，费格拉斯只是上班和下班。我们检查了他行走的路线；他没有电话，我们无法窃听。他的妻子是家庭妇女，没有情人，时间用于做家务，在她购物的路上也没发现任何可疑之处。他们十岁的儿子上小学，四岁的小女儿不在我们考虑的范围。周六晚上，费格拉斯和妻子一起去电影院；周日下午，他带着十岁的小儿子去看足球赛。他一次也没有同陌生人接触。他拿信封做什么呢？还在他那里吗？要不他已经交给了别人？也许是直接给他的？——我们不得而知。

十天后，恩里克·萨利纳斯的阿尔法·罗密欧小轿车开出了城，拐进了西南方向的主路。汽车在附近的一个叫 B 的时髦疗养地停了下来。他在一家豪华旅馆订了房间，用自己的名字登记。晚上，他下楼去酒吧。天热，他身着便装，穿着裤子和高领花丝绸衬衣。他可能没有随身携带文件夹。在对他的房间进行搜查时，我们的人找到了它。他们还找到一个信封，里面有一张折叠的白纸片。它的左上角可以读到“3”这个数字，中央是用打字机打的六个字母，次序是：SÉTLÉF①。他们用适当的办法将信封封好，并消除了搜查的痕迹。

---

① SÉTLÉF 是 Féltés 的颠倒写法。Féltés 在匈牙利语里的意思是：害怕失去；担忧。

第二天早上，费格拉斯破旧的大众小轿车开出了城，拐进西南方向的主路。他在B停了下来，把汽车停放在恩里克·萨利纳斯住的旅馆前。他进入旅馆酒吧，为自己点了一杯饮料。

十一点整，恩里克·萨利纳斯从房间里下来，向酒吧里张望。毫无疑问，他应该能瞥见费格拉斯。然后，他连坐也没坐就离开了。

费格拉斯很快就付了款，返回停车场。在那里，他找到了恩里克·萨利纳斯，恩里克正在阿尔法·罗密欧小轿车的发动机舱里捣鼓着什么。他们像熟人那样互相问候。费格拉斯坐进自己的汽车，恩里克·萨利纳斯——好像是在交谈的过程中——在他身边坐了一分钟。由于角度的关系，我们的人什么也没看见。据推测，恩里克利用这个机会把信封交给了费格拉斯。

这之后，费格拉斯马上发动汽车回城，一口气开到萨利纳斯商业大楼。他径直进了大楼，这天一直到下班时间，他都没有离开过大楼。下班后，他又一次匆忙地直奔停车场。在他认为他停放汽车的地方，他十分惊愕地瞥见了一辆关着门的黑色豪华轿车。二十分钟后，他就坐在了调查局的总部。我们立即开始审问。

我不想谈这方面的事，更不愿把细节都讲出来。这些天，所有的报纸都在炒作这件事。现在，每个人都知道这样的事情是如何进行的。大致的情况就如同愚蠢的影片里演的那样。只是更简单一些。对啦，区别仅在于，这里的一切都是真实的。

我说过，这是肮脏的工作，但它伴随着我们这个职业。我们夺走罪犯的理智，撕碎他们的神经，麻痹他们的大脑，翻开他们的衣兜、翻领甚至内脏。我们把他们按坐在凳子上，拉上窗帘，打开灯——总之，我们例行公事。我们不追求用独创的方法去对付一名罪犯。一切都按拙劣影片的脚本进行，一切都符合他的预期：这总是令人感到惊讶——要是不信的话，你们就来试试。我们把他包围，他对面是迪亚兹，身边是罗德里格斯，身后是我。

接下来的是台词。哦，还有问题。大量的问题，几乎要把他淹没。

“嘿，你这头猪！”比如，我们中的某个人开始说话，“棋下完了，你输了。”

“我们什么都一清二楚，”另一个人接着说，“如果想抵赖的话，只能害你自己。”

“小恩里克什么都说了，如果你也说的话，会对你有好处。”

“这关系到你的利益，我们无所谓。”

“我们知道这很难，但你要是个好男孩的话，就能渡过这一关。你就想想吧。”

“你的同伙都已经招了，你为什么还要破罐子破摔呢?！”

“嘿，快点儿，把你的嘴张开，或者让我们来撬开吗？”

“你的联系人是谁？”

“信封在哪里?！”(因为在搜查过程中我们在他那里没有找到。)

“你们的武器仓库在哪里？”

“你们计划什么时候搞暗杀?！”

“你属于哪一个小组？说吧！”

“你别无选择。别硬撑了，放聪明点！”

“放聪明点，你很快就会获得自由的！”

“你的同伙们已经抛弃了你，你想独自承担这个丑闻吗？替他们?！”

“这么说，你不想开口？”

所有这些都是吓唬人的，你们也看见了。我们在给他准备陷阱。我们用劈头盖脸的问题把他迷倒。他必须感觉到：他是孤独的，而我们有许多人；只要我们想的话，我们可以对他采取任何手段；我们什么都知道了，比他能猜测到的还要多；甚至，我们知道的一切都不太对，只有他才能改正，如果他想改善自己处境的话。这是拙劣的计策，但在多数情况下是管用的。如果你们有更好的计策，就说一声。

这之后，我们把话题慢慢地转到我们真正感兴趣的事情上。比如，我们想从费格拉斯口中了解这个信封的故事，我们也了解到了。至于我们采取的方法，你们就别问了。费格拉斯是个软蛋，罗德里格斯在他身上白费力气；问什么，他马上就招什么，到后来我们从他嘴里什么新的东西也掏不出来了。

这个时候，迪亚兹写了一个纸条，按铃让哨兵进来。我们这里是每个人都可能光顾的地方。我们不对任何人的性命负责，如果危险威胁到祖国的安全的话。

简言之，那里就剩下我们三个人。这是悲惨的时刻。怎么能不悲惨呢？你们好好想想我们从费格拉斯口中掏出来的全部东西吧。信封是费德里戈·萨利纳斯派他去取的。起先，费德里戈把他叫到办公室。费德里戈提出为他的工作提供一份特殊的薪水。事关股票交易所的秘密信息——根据他的陈述，费德里戈就是这么对他说的。这是棘手的买卖，但在商业领域并不鲜见，因此费德里戈请他——费格拉斯——做这件事，而不是他的一个经纪人，否则可能会被特工认出来。因此，他要求费格拉斯遵守一些需要注意的规定。费格拉斯没有追问太多的问题。费格拉斯是小人物，他对获得信任和从天而降的收入感到非常高兴。根据他的交代，他不知道恩里克·萨利纳斯就是上司的儿子。我们可以相信他：在我们监视期间，恩里克·萨利纳斯一次也没有去过萨利纳斯商业大楼的办公室。第一次，他是根据有关的描述与恩里克见面的，后来就熟悉了他的那张脸。然后，费格拉斯就把信封交给费德里戈·萨利纳斯。

好啦，你们来作出判断吧！我们尝试过。我们组合过，打乱过，然后又拼合在一起，进行重新研究。

问题：恩里克是从谁那里得到信封的？费格拉斯并不知晓。甚至，我们也不知道，尽管恩里克每走一步路我们都有记录。

还有：为什么恩里克不直接把信封交给他父亲呢？唯一可能的解释是：恩里克不允许了解父亲在秘密小组中扮演的角色——或许也不允许知道父亲已参与其中，更不允许知道信封最后是到了他的手上。

在这件事情上可以假设的是，费德里戈·萨利纳斯在幕后操纵着一切，我们发现即使他不是起义的秘密领袖，也是最重要的人物之一。比如，罗德里格斯对这一点非常肯定。工作使他兴奋，他的一双豹眼闪烁着光芒，目光不断地停留在桌上的小塑像上。

没有方法就干不好工作。首先，我们必须解决第一个问题。

对于这个问题，我们只可能从恩里克那里得到答案。

“恩里克·萨利纳斯，”迪亚兹说，“由你去逮捕来，马腾斯。不要在他的住处逮捕。你可以在任何地方抓到他，但不要小题大做。”

我没有小题大做。第二天上午十一点钟左右，恩里克从B回来后，我和我的人在大街上逮捕了他。在我们等他的时候，他把车停放在车库里，然后上楼回到住处。显然，他把回家之事通知了母亲。过了一小会儿，他不知为了什么事跑到了街上。在人流中，我们很容易就把他拽进一辆豪华轿车。我们有这方面的专门人才。当他明白是怎么回事时，早就已经坐在了我们中间，一只手腕和我铐在一起，另一只手腕和我手的下人铐在一起。

“你们要干什么？你们是什么人？”他问道。

我们沉默着，我们习惯如此。

“警察局？调查局？”他又试探着问。后来，他也不说话了。下车后我们带着他穿过总部幽暗的内院时，他沉默不语。我们带他走完长长的走廊时，他还是沉默不语。在走廊上，那些被逮捕的人双手和额头贴墙站着，身后是准备随时跳起来的哨兵。我们对此已习以为常了。这也属于设置陷阱的一部分。

当迪亚兹开始让他坦白的时候，他还是沉默着。可是，迪亚兹对他是温和的，这不是那种极度的温和，而是非同寻常的温和。他现在是独自一人进行审讯，不想要任何仪式。

“我们有几个问题要问你。我们从一个假设出发，即你本人是无辜的。如果你如实回答的话，回答完你就可以回家。”迪亚兹这样说。

然而，恩里克一个问题也没有回答。我知道，他的内心在颤抖——只能如此，但他的面容紧绷，如同一只拳头。他沉默着，毫不动摇地沉默着。

“你听着，”迪亚兹问他，“你清楚你在什么地方吗？我们这里不习惯玩捉迷藏。我们也会换一种方式说话。”

恩里克依然沉默着。他愚蠢地下定了决心，顽固地沉默着。我们和罗德里格斯只能干坐着，无所事事。当时我不理解迪亚兹，无论如何也不理解。难道这次他犯错了？也许他采用了错误的方法？

今天，我已经不太相信这个了。今天，我已经能更准确地看清迪亚兹押的是什么赌注。只是当时我还是新来的小伙子，我说过，我当时还没看到幕后，对眼前发生的事情都是信以为真。今天，我已经不敢确信：迪亚兹是否真的想让恩里克开口说话。如果他十分想的话，他不会从那个假设开始，即恩里克是无辜的。或者，至少不告诉他。在这个方面，迪亚兹是个很好的警察，相当的好。

“该说了吧？”他温和地问。他和恩里克面对面，一条大腿压在桌子上——这是他的习惯。

恩里克还是沉默着。等了一会儿之后，迪亚兹的身子向前倾斜。其实，迪亚兹现在仍然是温和的，温和而又仁慈。只有我看得出他是多么的温和，恩里克可能对此毫无感觉。他似乎只能感到自己流鼻血了。

“该说了吧？”迪亚兹问道。

这时，奇特的事情发生了。迪亚兹朝他弯腰的时候，恩里克吐了他一脸的唾沫。这是奇特的事情，而且不仅仅是奇特。我必须说：这事做得太业余。是的，我必须这么说。没有人往迪亚兹的脸上吐过唾沫。倒不是说缺少充分的理由，但这盲目而又冒险。为了缺少目的的事情，人们肯定是不愿意冒险的。冒险至少需要极度的绝望，或者极度的无知。不管怎样，只要谁与生命、与真正的生命还有某种关系的话，都不会往迪亚兹脸上吐唾沫。在我的职业生涯里，这种事情还从未发生过。

简言之，我的心里因恩里克而第一次充满焦虑和恐惧，而且这种情绪此后再也没有离开过我。我的恐惧因他而生，因为我突然感到他是无辜的。他是无辜的，他的无辜是无法安抚的，就像被强暴夺去贞操一样。这种感觉是糟糕的，比我找不到倾诉对象还要糟糕。

我看到，这件事也使迪亚兹陷入沉思。迪亚兹什么也没说，他从桌子上下来，心不在焉地擦了擦脸。然后，他背着手在房间里踱来踱去。这是他的习惯，我说过，他思考问题时就这样。有时，他口里还念念有词。最后，他站在恩里克的身后，把手放在了他的头上。

“你是个大傻瓜，亲爱的孩子，”迪亚兹对他说，“非常大的傻瓜。”在整个审问过程中，罗德里格斯的手指不停地摸着雕塑，现在他终于从座位上站了起来。

几分钟过去了，漫长的几分钟，他把迪亚兹拉了回来。我在看迪亚兹，有趣的是迪亚兹现在没有坐到桌子上。迪亚兹侧着脸看一个地方，我不知道他在看什么。

“该说了吧？”他问道。

但恩里克没有回答。他不能回答。他睡着了，见鬼。

这时，迪亚兹还在盯着他看。

“傻瓜！”他后来对罗德里格斯说，“你对这个狗崽子到底做了什么？！”

我们就这样站着。我们不能指望很快搞到恩里克的口供。

没有医院的治疗，我们无论如何也不可能搞到。这一点就连迪亚兹也没有预料到。至少他当时看起来如此。今天，我已经不敢发这个誓了。但在当时，由于我是个新来的小伙子，我对眼前发生的事情都信以为真，这话我已经说过了。迪亚兹了解他手下的人，也很清楚自己要什么。对任何人来说，要让他吃惊都是很困难的。但我当时没有想到这一点。

他没有责备罗德里格斯，为什么要责备呢？迪亚兹不喜欢废话。他是相信事实的人，已经发生的事情现在就已经是事实。必须向前走，一直要向前走。在迪亚兹的逻辑中是有真理的，是的：我们的职业就是这样，你一旦开始就没有回头路可走。

“应该把萨利纳斯带进来。”罗德里格斯说。

“带进来吧！”迪亚兹点头。

“我去带他？”罗德里格斯自告奋勇。

“不。”迪亚兹阻拦他。

他们两个人在交谈，而我被撇在了一边。于是我就坐着，听他们说话。我的头在痛，非常的痛。也许从我脸上能看得出来。

“他会逃跑的。”罗德里格斯担心起来。

“往哪里逃？”迪亚兹问道。

“我不知道！这样的人总有地方可去！”罗德里格斯紧张起

来，“他会在最后时刻逃跑。腐朽的资产阶级分子。”

“我们并非真的在同资本作斗争。”迪亚兹提醒说。

“这对我都一样。”罗德里格斯的眼睛发亮，“资产阶级分子、犹太人、救世主都是一丘之貉。他们都是想搞颠覆。”

“那你呢？”迪亚兹问道，“罗德里格斯，我的孩子，你要什么？”

“秩序。但是，是我的秩序。”罗德里格斯说，“让我去吗？”

“不。我们等等。”迪亚兹作出决定。他背着手在房间里踱了几个来回。“现在是中午。”他接着说，“小伙子们，你们回家去吧，睡一会儿。晚上七点来。你们做好准备，没准要熬一个通宵。也许，我们会有许多工作。”

他没有说更多的话。如果能猜想出他的计划，我宁愿变成任何东西。但迪亚兹就是这样的人。就我来说，我对突然得到的礼物般的自由活动时间总是感到高兴。我们的工作是辛苦的，有时是需要一点儿放松的。

曾经有段时间，我很愿意和迪亚兹一起度过这几个钟头。我很好奇他是如何编织他的逻辑之网的，我很好奇他是如何赢得上校的青睐的。

今天再看这件事我已经觉得很简单了：他把事实摆在面前。

上校只能往前走，他也没回头路可走。我说过，在这个棋盘中，每个人都有一个角色，恩里克和上校也不例外。迪亚兹也有自己的角色，他可能在想是他在分配角色。迪亚兹也在逻辑之内，上校必须认识他，就如同迪亚兹必须认识罗德里格斯一样。是的，在逻辑之外任何人都没有位置。

简言之，我们七点钟集合。这时，迪亚兹手中已经握有授权。他的手中应该有授权，这份工作需要授权。它不是大范围的，那样的授权是不够的；需要的是特殊授权。你们可别以为，我当时什么都知道。迪亚兹对我们什么都没说，他不需要这么做。我们只是盲目地跟着他的逻辑走，他是我们的总指挥，我们不能反对他。

我们坐着，等待着，喷吐着烟雾。天热，我的头痛几乎没有减轻。晚上九点，电话铃响了起来。

“迪亚兹少校。”迪亚兹对着电话说。

过了一会儿，他说：

“将军先生，如果能为您效劳的话，我将把它视为特别的嘉奖。”他的声音听起来就像是预先喝了油一样。

时间过了不到一小时，守门的警卫队长说有情况要报告。那天，我们预先给警卫队长下达了指示，总部的每个人也都清楚自己要做的事情。“一位先生，”他报告说，“自称是费德里戈·萨利纳斯，萨利纳斯百货商店的老板，他紧急求见值班官员。”

“你们陪他上来吧！”迪亚兹优雅地冲着对讲机说。他将双腿交叉，好像是在等待我们鼓掌似的。说实话，他应该得到掌声。现在我们可以看清迪亚兹是个什么样的警察。

十分钟后，我们就可以在办公室里问候费德里戈·萨利纳斯了。他来时穿着黑色西服，很有威望的样子，冷峻而又严肃。迪亚兹对他低头哈腰，就像一位名誉退休舞蹈教师。这种时候，迪亚兹能够变得优雅，非常的优雅。

“请允许我介绍一下我的同事们，”他说，“罗德里格斯先生。马腾斯先生。”

萨利纳斯几乎不看我们。他朝我们微微点头，仿佛一位坐在宝座上的国王。萨利纳斯是位真正的绅士，行为举止非常得体。

“很荣幸。”他说。不过，单从这句话来看，他可没有任何理由这么说。

“其实，”他说，“我本应同上校先生交谈。”

“上校先生，”迪亚兹讨好地说，“他正在准备明天的国会发言。”

“每个人都提到这一点，整个晚上我都无法与他建立电话联系。”萨利纳斯生气了，“况且我还找了一些中间人帮忙，比如银行家沃尔考什、军方的曼都查将军。”

“就在刚才我还有幸同将军先生谈话。”迪亚兹热情地说，“您请坐，萨利纳斯先生。我们听您的吩咐，请信任我们。雪茄？”

这件事开始时就是这样的。正如你们看到的，他们的措辞都经过了精心的选择。迪亚兹没有催促萨利纳斯，只在那里说些无关痛痒的话。看得出，他的肚子不舒服。迪亚兹耐心地等待着，就像一位倾听忏悔的神甫。

最后，还是萨利纳斯先失去了耐心。

“其实，”他上钩了，“我是为我儿子的事来的。”

寂静。也许他是在等待迪亚兹的鼓励。然而，迪亚兹默不做声，从他那刮过胡子的脸上看，他兴趣不大，但却充满无辜的殷勤。

“我的儿子，”萨利纳斯说，“总之……我儿子今天失踪了。”

“啊？”迪亚兹很惊讶，“他失踪了？”

“失踪了。”萨利纳斯重复道。

“恐怕，”迪亚兹担心起来，“这件事不归我们管。也许，您应该去警察局，或者——如果您焦虑的话——应该去急救服务机构打听打听。”

“他们没有他的任何信息。”

“我说呀，”迪亚兹微笑了，“年轻人有时会突然失踪一个晚上或一整夜。在这个时候，我觉得还不需要马上做出最坏的假设。”

“我完全赞同。”萨利纳斯说，“但在这件事情上，请允许我按照自己的假设行事。因为前一天，我的一名员工也失踪了。”

交谈开始变得有意思起来，非常的有意思。在他们中间似乎有什么东西变得僵硬起来，萨利纳斯的脸色已经不是原来的了。

“我一直不清楚，”迪亚兹说，“我们能为您做点什么。”

“你们没有把他抓进来吗？”萨利纳斯问道，不过他的音调并没有提高。但我必须得想想，萨利纳斯看人时也会让人不舒服，这和迪亚兹有时那种让人不舒服是完全一样的。

“我们，”迪亚兹说，“只带进来那些我们有充足理由怀疑的人。”

“我必须坦率地说，”萨利纳斯说，“在某些情况下……我可以保证，在完全无辜的情况下……我的儿子也许会遭受怀疑。”

“根据您的假设，他已经干了什么坏事吗？”迪亚兹问道。

“他在这里吗？”萨利纳斯问道。

“根据您的假设，他已经干了什么坏事，因而他可能会在这里？”迪亚兹重复了一遍。

“你们逮捕了他？”萨利纳斯又问了一遍。

现在，迪亚兹看他时的神态一点儿也不像原来那么亲切了。

“萨利纳斯先生，”他说，“您给我们提出了古怪的问题。您很古怪地提出了古怪的问题。”

“他在这里，还是不在这里？！”萨利纳斯跳了起来。有那么一个瞬间，我担心他会抓住迪亚兹胸口的衣服。

“您坐回去，我们不会这样谈判的。看样子，您忘记了您是在什么地方，萨利纳斯先生。”迪亚兹说。迪亚兹的声音已经让人不舒服了，而且越来越不舒服。

“我知道我在什么地方。是我自己来这里的。您要威胁我吗？”萨利纳斯问道。

“不，只是提醒您注意这里的规矩。”迪亚兹说。

“您这话是什么意思？！”

“我只想说，在这里是我们提问。我们提问，您回答，萨利纳斯先生。”

说完，迪亚兹站起来，啪的一声打开电灯。他步履沉重地绕着桌子转了一圈，半个屁股坐到桌子上。他正好与萨利纳斯面对面。

罗德里格斯起身，跨到萨利纳斯的侧面。

我站到了他的背后。

“你们要干什么？”萨利纳斯大吃一惊。

“没什么特别的，萨利纳斯先生。”迪亚兹回答道，“我们有几个问题想问您。”

于是，我们就开始了。大致的情形同我有一次在前面描述过的一样。

事实证明萨利纳斯是个坚强的男子汉，他显然是在测试我们的耐心。当他的儿子被拖上来时，他才精神崩溃。从严格意义上讲，他的儿子是必须被拖上来的，他已经没法走路了。

“该说了吧？”迪亚兹问道。

“当着我儿子的面，我不说。”过了一会儿，萨利纳斯用低沉的声音说。他把脸埋在手里。

“为什么不呢？”迪亚兹说，“不然的话，我们会敲碎你的骨头。选择哪一种，你自己看着办吧！”萨利纳斯很快就看清了形势。

你们别要求我的回忆精确无误：当时谁说了什么，问了什么，以什么样的顺序。我连我自己说的话都想不起来。场面混乱不堪，我的头很痛。有时，工作热情一上来，我也俯下身，提它几个问题。

“恩里克是从谁那里得到信封的？”

“从我这里。”

“费格拉斯把信封交给了谁？”

“交给了我。”

“你是想说，你通过恩里克和费格拉斯的传递，你自己给自己写信？！”

“是这样的。是的。”

“你以为我们是小丑？”

“我不能说别的。我就是这么做的。”

“你为什么要这么做？”

“为了避免麻烦，为了让我儿子不采取致命的步骤。”

“什么致命的步骤？”

“我害怕他卷入什么学生运动。”

“而你却招募他进入自己的秘密网络，是吗？！”

“没有秘密网络。没有任何秘密网络。一切都是我想出来的。”

“你的理由是什么呢？”

“我已经说过了，为了保护我的儿子。”

“那为什么需要这些信件呢？”

“为了满足他的幻想，控制他的行动愿望。他听不进清醒的道理。我必须制造一个假象，好像他是在做秘密工作。”

“他做的不是那个吗？”

“不是。他是清白的。他、费格拉斯和我都是清白的。我能证明。”

“现在还不到让你证明的时候。SÉTLÉF 是什么意思？！”

“Féltés。把字母颠倒过来写的。我把这个单词装进了所有的信封。我已经用掉三个……”

“两个！”

“这说明第一个信封你们不知道。你们是后来才监视我儿子的。还有七个信封……”

“在哪里？”

“在金蒂埃罗斯公证员那里。我把它们存放在了他那里。”

“为什么？”

“为了保护我自己，在必要的情况下我可以证明我儿子的清白。”

“你说这话现在已经有点儿晚了。”

“我是为了他才这么做的。我眼看着他在走向毁灭。我为他担忧，为了他我才做了这一切。你们滥用了他的轻信。凶手！

无赖！”

接下来是休息。

然后，我们又把话题转回到信封上。

“我给每个信封里都装进了相同的纸片。我给每张纸片都编了号，每张纸片上都写了同样的字：SÉTLÉF。所有的字都是我用自己的打字机打出来的，为的是让你们能够鉴别这些字母。你们已经逾越了自己的权限，因此你们将要承担责任！金蒂埃罗斯公证员那里的信封……”

等等。我是不是应该说，从萨利纳斯口中得知的事情令我们吃惊呢？那天晚上，已经没有事情能令我吃惊了。迪亚兹却跳了起来，好像是被黄蜂蜇了一般。迪亚兹通常是个冷静的人，我还从来没见过他如此紧张。

他深深弯下腰，冲着萨利纳斯的脸。

“你以为我们是白痴吗？你想什么呢？我们是谁？！我们是屁股磨出茧子的法学家，难道让我们在公证员面前行脱帽礼吗？！你以为我们没有听说过双面派吗？！你以为我们想象不出你在用一次通信保护另一次通信吗？！你以为我们不知道一个密码可能会有几个意思吗？！……你别以为会从我们的手中逃脱！在彻底查清真相之前，你别想逃脱！”

于是，一切又从头开始了。

你们别想知道那天晚上还发生了什么事。这已经不是审讯，而是地狱的外缘。我说过我是新来的小伙子，一直到这个时候我才开始看清楚我身处何处，正在做什么样的工作。我当然知道，调查局里的标准不一样——但我曾经相信，标准还是有的。然而却没有。你们别想知道，那天晚上那里到底发生了什么。

我们把公证员也带了进来。带他进来，是因为他没有尽到公民应尽的举报义务；带他进来，也是因为迪亚兹非要这么做。他是在吃晚饭时被我们抓住的，当时他们一伙人正在庆贺什么。公证员是个自信的人，他表示抗议，并要求见律师。

后来，他就坐在了我们中间，他撕扯着衬衣，抹了护肤油的脸塌陷了下去，肉乎乎的下嘴唇耷拉了下来。

“我不明白你们要干什么，先生们，”他咕哝着，“我不明白。你们想从我这里得到什么？国家是信任我的啊！”

“啊，是的。”迪亚兹点了点头，就像小学教员一样，“只是我们不信任国家。”

公证员睁着他那小小的、湿润的眼睛吃惊地望着他。

“我不明白。”他说，“我不明白。那么你们信任什么呢？”

“命运。我们现在就承担着命运的角色，因此我们相信我们自己。”迪亚兹这么说着，半个屁股坐在桌子上。迪亚兹就是这样，他的脸上挂着他那独特的笑容。

这对我来说，就如同一条迪亚兹通过公证员传递给我的信息。我终于明白了迪亚兹的逻辑，我想至少我是明白了。我明白了，我们已经抛弃了人与法律之间的一切纽带。我明白了，我们已经不可能信任任何东西，只能信任我们自己。当然，还有命运，这个永不满足的、贪婪的、永远饥饿的机器。我们还在控制它吗？或者它已经在控制我们？——现在都一样了。我说过，人们自以为非常聪明地驾驭着事态发展，但事后却只是想弄明白，自己为何落得个身处险境的下场。

审讯持续了一段时间。我们传唤证人，做审问记录，进行诉讼。在诉讼过程中，我们将逻辑之线越织越紧。萨利纳斯的卷宗夹子里装满了文件，然后我们就把它放到一边。当时，我们有许多事情，我说过，各种不利的征兆越来越多。

只有那些录音机的磁带在自动地、毫不动摇地转动着。它们在自己的小牢房里不停地转动着。它们记录下了他们的谈话、他们作为囚犯在生活中发出的窸窣声，而对于这些，再也没有人感兴趣了。

然而，我却把这些磁带听了很多遍。很遗憾，它们现在不在我身边，我觉得它们要是在我身边的话会很有用，就像恩里克的日记那样。

但是，它们却保留在我的记忆里，不仅保留着，而且还在不停地转动着。这已经是短短的磁带了，是原始磁带的微不足道的片段，但记忆就是这个样子的。它把各种声音组合在一起，剪去其中无关紧要的部分，补充已经模糊了的内容，主动地、一遍遍地回放着也许我们更情愿洗掉的部分。

在人语声之间也有寂静。我最不喜欢的就是这些寂静。这不是完全的寂静，而是充满了噪音、独特的窸窣音、叹息声和呻吟声。这些是沦为囚犯的人的真正的声音。比方说，这些叹息声存在几种音色上的变化——只有这些磁带知道。我想，你们尽管可以把我当成疯子：我最难忍受的就是这些寂静。

“你恨我吗，恩里克？”

“我当然恨你，爸爸。要水吗？我还有一点儿……你别喝光了。”

一口口水，漫长的、艰难的一口口水。寂静。沙沙声，磁带的沙沙声。人在监狱里也在寻求舒适——我现在对这个非常敏感，特别地敏感。呻吟声。

“要我帮忙吗？爸爸。”

“不。这样挺好的……”

“痛吗？”

“已经好了。我是为了你好，恩里克……你不知道你要……你不可能知道。你必须活着，这对我来说是唯一的任务……赢得时间……继续生存……”

“我倒希望他们把我杀了。”

“别说傻话，恩里克！他们没有任何确凿的证据……我们什么也没做。他们应该放我们出去！”

“我永远也不想从这里出去了。这个忙他们还是应该帮的。也许，他们会帮这个忙的，因为他们不知道，帮忙……”

“你疯了吗，恩里克！你想想生活！……想想世界！……”

“我不能想。对我来说，你已经颠覆了这个世界，爸爸……如果他们不杀我，我也会自杀的。可能，我会先杀了你，爸爸……你要水吗？又要水啦？”

磁带在转动，里面的声音唤醒了我的记忆。

“是晚上了吗，恩里克？”

“也许是，爸爸……在这堵墙之外，人们正在相互说：‘晚上好，夫人。’‘晚上好，先生。今天晚上真美。您可爱的家人呢？’”

“你知不知道，恩里克，外面的夜晚是个什么样子？简简单单的、普普通通的夜晚……当城市的灯光突然亮起来的时候……简简单单的、习以为常的灯光照亮商店橱窗里的开胃酒、冷饮、时髦和耐用商品。各种味道，恩里克……汽油味、汗味、科隆香水味……各种声音……”

“您别幻想了，爸爸，我们不久就会死去！”

“不，恩里克！不！……我的朋友们不会见死不救的。我的死会给他们投下阴影……非常严重的阴影……不，这是他们无论如何也不可能忍受的……我要是在外面的话，我也不能忍受，假如一位有名望的商人……一位商界领袖……不，不存在！你母亲正在外面想办法……动用一切关系……商业是国家生存的基础，你要明白！在商业面前，就连上校也必须投降！”

“我对于你感到吃惊，爸爸！你居然现在还抱着希望？你到底想要什么呢？！在所有这一切发生之后，你还能要什么呢？”

现在，接下来的是一个声音。一个我听不清楚的词汇。我必须把录音机的音量增加一倍，才能听清这个微弱的声音。现在，我自己的未来也变得如此的不确定，即使我不能分享，但我也倾向于理解萨利纳斯的祈祷，他将它浓缩进唯一的一个单词中：

“活着……”

后来有一天，暗杀事件发生了。你们肯定记得它，怎么能不记得呢？那可是一场大混乱：去现场，准备行动，等等。少不了政府会议、国会委员会会议、外交丑闻和国际抗议。有好几天，整个世界都在议论这件事。

上校光临了我们办公室。

“你们这些傻瓜！你们靠什么在这里消磨时光？”他开口问道。他朝我们发了整整五分钟的火，我们耷拉着脑袋听着，仿佛暴风雨中的植物一样。后来，他的火气逐渐平息了下来，就像雷声那样渐渐远去。

“萨利纳斯的案子怎么样了？”他突然问道。他不是问迪亚兹，不是问罗德里格斯，也不是问我。他是朝着空中发问的，就像一个人往那里抛了一只皮球，谁接住球，球就是谁的。

谁也没有去抢球，我，这个新来的小伙子却接住了球。

“暂时，”我说，“陷入僵局。”

“是这样。”上校说，“陷入僵局。这什么意思？”现在他是在问我，我不能说他的语气很友好。

“眼下，”我说，“这个……我们停止了调查。”

“是这样。”他说，“那您有什么建议呢？”这是个令人不舒服的问题，在很大程度上还是危险的。我本来可以很聪明地回答说，在这里提建议的权力属于迪亚兹。我眼睛的余光清楚地看到了迪亚兹那独特的笑容和罗德里格斯闪亮的豹眼。然而，球却是我接住的，一旦接住了球，我就得把球继续往下带。

“应该释放他们。”我说，一点儿也没有结巴。

“是这样。他们的身体状况怎么样？”上校问。

这之后肯定是一片寂静。非常寂静。

“是这样。”上校又一次说这句话。他的声音在慢慢地提高，慢慢地变得越来越高，越来越吓人，就像警报器的声音一样。“这么说，我的调查局关押着无辜的人。我的调查局在审问无辜的人。我的调查局在折磨无辜的人。我对国会该说什么呢?！我对商会该说什么呢?！我对外国的新闻媒体该说什么呢?！……”

现在，他就站在我的面前，对着我的脸吼叫：

“警探！为了这件事我要追究你的责任！……我要追究你的责任，我要判你的罪，我要让你在监狱里腐烂！您明白吗?！”

我明白，怎能不明白呢？我明白，所以我不禁颤抖起来。我不是因为上校而颤抖，但他肯定是这样认为的。在这个时候，我不是因为别的，我是因为逻辑而颤抖。

这时，上校突然一把抓住我的鼻子。动作很自然，用两个手指头，就像抓狗崽子那样。他拧了拧我的鼻子，然后善意地轻拍我的脸。

“你这个小傻瓜！”他温柔地说，“你这个小傻瓜，你！”

说完，他向罗德里格斯的桌子慢慢走去。那个小雕塑映入他的眼帘，刚才他就发现了它。

“这是什么东西？”他问道。

“这个吗？”罗德里格斯害羞地微笑着，“博格尔秋千。”

“博格尔？”上校问道。有意思的是，每个人总是首先问这个问题。“为什么叫博格尔？”

“他发明的。”罗德里格斯解释道。于是，他开始介绍细节。你们已经熟悉了他的解说词，我就不愿意重复了。“这里的这个部分，”他用手指在玩偶上方画了一个小圆圈，“变自由了。”

不需要他讲很多，上校很快就全明白了。

“猪，”上校兴致勃勃地说，“你们这些肮脏的小猪。”他数次转动小木偶，“你们把这个博格尔送到我那里去接受审问。”

“我们办不到，上校先生。”迪亚兹有些不情愿地说。

“为什么？”上校大吃一惊。

“因为他被判终身监禁，正在德国服刑。”迪亚兹说。是的，这个迪亚兹就是这样的一个人。他不声不响地就会把事情了解清楚。然后，他会把自己掌握的情况突然说出来，而且总是会让别人不痛快。对于上校，他也不例外。

“傻瓜！”上校神情沮丧，马上朝门口跑去。

“上校先生！”迪亚兹朝他的背影叫道，“在萨利纳斯一案中，我们该怎么做？”

上校转过身来，思索了片刻。

“请您把证据汇总在一起。”他说，“半个小时后，特别法院开庭。”

对迪亚兹来说，不需要半个小时就能把事情做完。如果有谁能像迪亚兹那样，以如此快的速度把威胁国家安全的秘密组织的完整调查记录汇总起来，让我变成什么都行。

两个小时后，我和迪亚兹站在窗户的后面。这是古典式的窗户，在总部大楼的一个古典式走廊里。窗口开向狭窄的庭院。在庭院的一边，有一排木桩。萨利纳斯父子已经被绑在了中间的两个木桩上。他们的对面是来自警卫连的两个排：行刑队。

“不够友好。”迪亚兹面部扭曲。他情绪很低落，无所事事的时候他就这个样子。“我们的职业是冒险的，”他在沉思着，“今天你还站在这上面的窗户里，可到了明天，谁知道呢？你也许就被绑到那下面的木桩上了。”

就在这时，排枪齐放。也许我浑身颤抖了吧？——我不知道。只是，我突然感到迪亚兹的目光落在了我的身上。

“你害怕吗？”他问道。他那刮过胡子的脸上泛着光，充满无耻的好奇心。我真想揍他一顿。这时我就已经知道，将来一旦时机来临，他就会逃走，想抓捕他是白费力气，他是不可能被抓到的。我想，他们能抓到的只是我，或是像我这样的人。

“害怕什么？”我问迪亚兹。

“嘿！”他用头示意我看庭院的方向，在那里萨利纳斯父子就像两个空麻袋似的垂在了绳子上，“害怕它！……”

“我不怕。”我耸了一下肩，“我只是害怕，要走到那一步，我还得犯罪才行。”

徒然，我那时还是个新来的小伙子，这个我已经说过了。

1975 年

寻踪者

（1）做　客

主人——一个姓氏复杂的人，他的名字叫海尔曼——正在毫无猜疑地闲聊。看起来，他真的以为他的客人只是一位简单的伙伴，这位客人现在正吸着烟斗（不舒服，一有机会他就停下来，但这是非常不可缺少的工具），不动声色地研究他的脸。他没有看到更特别的：一位中年男子散发着不受干扰的自信的脸，其形状是椭圆形的，鼻子和嘴正常，头发是棕色的，眼睛是蓝色的。他暂时还不能准确地知道，在他的闲聊背后隐藏着的是惯常的狡猾还是儿童般的幼稚。他倾向于后一个假设，尽管——看起来——两者之间的区别实际上可以忽略不计。他又瞥了主人一眼：难道他真的并且最认真地相信，他彻底成功地切断了他背后的线索了吗？嗨，无所谓，他很快就会知道，这些线索是永远不可能切断的，与所有的证人一样，他迟早也要作证的。

他给了他一分钟的时间，这是唯一的无忧无虑的一分钟。

他关注着他的闲聊：他聊的是他的职业，准确地说是他的职业的艰辛，他对伙伴即使不是怀着对同谋的信任，也好像因他们之间的事情而显得非常烦恼。客人想：聪明，非常聪明，他肯定不会轻易屈服的。他仔细查看了现场，机会看起来是有利的：他们两个人坐在房间的角落里，在一张小桌子的后面，他们坐的真皮沙发吱吱作响。在另一个角落，女人们在相互试穿鞋子，她们已经完全忘我地沉浸在了女人的这个爱好之中。是的，时候到了，他该开始工作了。

他把烟斗从嘴里拔出来，用蓄谋已久的、冷冰冰的、不友好的语气打断对方的话。然后，他用简短的一句话说明自己的身份、他的使命以及他将要进行的调查的目的。海尔曼的脸色有点儿苍白。然而，他很快振作精神，一般情况下这也是可以预期的。他说，他对这个突然的宣布没有任何准备，因为迄今的一切迹象都在显示，客人——同事——来这座小城市仅仅是出席刚刚结束的专业会议，以致一下子不知道该说什么，天这么晚了……

“很多年过去了。”客人插话说。

“好吧，这个我也不否认。”海尔曼回答道，“但首先我对一件事情感兴趣：我究竟有义务回答您的问题吗？”

“没有。”一个声音迅速地回答，“只有您自己的规矩适用于您。这个您应该无条件地知道，我不这样说是无法宽恕的。”

海尔曼回答说谢谢，他只对一件事感兴趣：既然如此——他微笑着宣布——他随时准备作证，而且是自愿的和独立的，正如客人所看到的。这是真的，客人表示认同，这也许比海尔曼因自己的大度而有权期待的赏识少了一点儿。看样子，客人的想法——他的自信令人吃惊——可能是海尔曼无论如何将会作证。但让海尔曼尴尬的是，他什么也没问。他继续平静地坐着，吸着烟斗，看似无聊。

一分钟后，海尔曼打破安静。说实话——他问道——客人到底对什么感兴趣？也许——他继续追问，好像是客人回答晚了，客人还在思考着什么——想对他海尔曼提出私人问题？也许是想确信——他露出理解的微笑——他，海尔曼，知道什么，知道多少？

“哦，无论如何，”他回答道，“当然了，我愿意倾听；当然，如果您真的有兴致讲述的话。”

“为什么不呢？”海尔曼耸了一下肩，毕竟他没什么可隐瞒的。然而，他说，他能讲出来的也不太多。事实和现实是：他听说了那件事。他也知道，它就发生在这一带。痛苦，即使是谈起它也是痛苦的。另外，他自己当时也不可能太多地关注这件事。他不想用一连串的解释去烦扰客人——这无论如何是有原因的，别的暂且不提，那个时候他还几乎是个孩子，这当然并非托辞，只是实际情况，但也许在一定程度上可充当解释。当然，即使如此，也还是有一些事情传入他的耳朵。他听说发生了某些事情①，尽管受到许多阻挠——甚至，可以说，正是这些阻挠的不断出现引起的后果——但对于人们来说，有一些事情，如果说你不情愿的话你就不会获悉它的存在，这简直是不可能的——谁要是说别的，谁就是伪证人。然而，细节和比例②或者说事情本身，其实只是到后来才开始呈现出准确的轮廓。

海尔曼沉默了一分钟；他是个好动之人，说话经常用手势做解释，也许是为了找到坚实的支撑，他将双手交织在抬高的膝盖周围，手关节发出的轻微的啪啪声听得很清楚。然后，他重新开始说话。

他也可以像别人那样，对这件事情置之不理——谁会指责他呢？但是——他接着说——有某种东西不让他善罢甘休，有某种东西在驱使着他，催促着他，这就是好奇心——哦，不，这不是恰当的词语。害羞在这里没有位置；所以，是否允许谈

---

① 小说中并没有明说“某些事情”具体指什么，但可以理解为，它指“纳粹集中营”。

② “细节”指纳粹集中营的具体情况，“比例”指集中营里的囚犯中有多少人活了下来。

论责任、知识的痛苦的责任？他开始了兴奋的研究工作。他想了解事实，首先是毋庸置疑的事实，以便看清整个事情。他收集资料，获取证据，文件堆积如山——他有可以给客人展示的东西。现在，唯一缺少的是，将这一大堆物证进行鉴定；只是……海尔曼说到这里，深深地长叹一声，往后倒在座位上，但没有放开自己的膝盖。有那么一分钟，他闭上自己的眼睛，仿佛强烈的灯光使它们难受。

“只是，”他后来接着说，“从假设起，我们就已经走得足够远了，太远了。人们在想象某些事情，仅此而已。尽管这些事情并非是他们想出来的，只是……我怎么说呢……出于理解的强制性，人们还是越来越……您懂这个了吗？总之……这里头有某种令人惧怕的东西。在人们的心里，某种……某种内在的抵制在松动……有一种感觉，我一下子很难说清楚……我害怕，我不是足够明白……”

他再次陷入沉默，用犹豫的目光看着客人，尽管客人很谨慎，不去用任何言辞去影响他，但看起来海尔曼还是从他的脸上读出了鼓励，因为他继续着自己的讲述。

“也许，”他说，“那是可能的。是的，我们假设不可能，但我们会突然获得证据，说明……说明它是可能的。现在（他的热情高涨起来），我相信，我成功地抓住了这个感觉。”他的身子向前倾，完全靠近客人，他的眼睛闪烁着特别的光芒，他的声音变成了耳语。“可能性，您懂了吗？不是别的，而是纯粹的可能性。凡是只在唯一的一个人身上发生且只发生唯一一次的事情，它就已经跨越了可能性的边界，它就已经是现实，它就已经是现实法则……”他沉默了，用几乎是疲倦的眼神看着自己的前方，然后再次将他那总是有点儿迟疑的目光投向客人，“我不知道，您是否明白我的想法……”

“怎么不明白呢？”客人点了点头，“有意思的想法。也许也是真的，否则我们永恒的焦虑从何处汲取养分呢，假如我们所有人与普遍的恶没有丝毫关系的话？”

“是的！是的！我看您是完全彻底地明白了！”海尔曼大叫起来，随着一种突如其来的狂喜，他把手向客人伸去，也许是这个唐突的举动没有找到恰当的目标，他又将手收回，“我很高兴我们相遇，我很高兴您来这里！我甚至要说：您应该早点儿来才是！”

“没有可能啊。”客人替自己辩解。

“我们应该多聊聊！有段时间，我非常期待……说实话，我日复一日地盼望您的到来！”

“对不起，但只是现在才能来。”客人在为自己找借口。

“真遗憾。现在已经无所谓了，但真遗憾。”海尔曼慢慢地控制住了自己的情感，他说起话来又变得逻辑清晰，如同一栋建筑物的石块那样排列有序。“哦，是的，把一件决定要做的事情做成，”他说，“会有如此大的压力，如此少的机会。”他在沉思，有一个想法越来越折磨着他：一个人除了日复一日地做着该做的事情之外，还能做什么呢？但是，说真的，他没有取得多大的成就。后来，他把注意力转向生活的其他方面：他从底层开始奋斗，上学，解决生存问题，然后是组建家庭——走到今天这一步，肯定花了他不少力气。他不想让客人产生误解，不想让客人把他的话理解为他可能想借此把这件事搁到一边。不，显而易见的是，因这件事情导致的后果，他愿意毫无保留地承担所有落在他身上的工作。当然了——他想强调这一点——他是自愿的也是独立的，如同他也决定作证一样。他露出了微笑，这是沉思的、苦涩的微笑。

“您刚才是怎么说来着？因为我们在普遍的恶中人人有份？是的，您可能是对的，也许是这个原因。”海尔曼接着说，实际上只是受一个广义上的责任感的引导（一些人，比如他的妻子就认为这个广义的范围过大），因为实际上没有任何东西把他和这件事情联系在一起，而且这已经很清楚了，再讲一遍是多余的。他说，即使不算多，但这现在差不多已经是他所能讲出的全部。

“谢谢！”客人说，“非常有意思。您自己的私事的确不属于调查范围，您一定记得，我只是同意而已，但我并没有要求您替自己辩护。您一定感到有这个必要，而我为什么要拒绝这个小小的心愿呢？尽管如此，我还是表示感谢，非常有意思。”他再次重申。

海尔曼吃惊地望着他。

“辩护？”海尔曼皱了皱眉头，“您不怀疑我的话吗？我希望，您不怀疑。”他说，“如果您想看我的证件的话……”

“我没有得到这个授权。”客人打断他的话，“另外，我从您这里获得的信息与您的讲述完全一致。您不要理睬任何怀疑，海尔曼。”

海尔曼说，他对此非常高兴。他立即补充说，显然不是出于个人的原因——因为就此而言，他从来也不可能有疑虑——而是在比先前所谈论的更广的意义上讲：让他高兴的是，他没有成为琐碎盲目的悄悄话、某些偏见、世界上的普遍倾向的牺牲品。这种倾向习惯于将关于个人的意见传播到家庭，将关于家庭的意见传播到外地，然后就已经传播到了整个人民，这会极大地伤害他。

“我明白了。”客人说，“在这方面，我自己也有一点经验。这种事总让人不舒服。”

“没错。”海尔曼表示赞同，“主要是人可能会纠缠进看不见尽头的程序之中，假设在一些方面我们并不冷漠，我们把重心放在保持我们的好名声上。”

“不过，”他接着说，“也许不必提醒先生注意，我总是没时间，这已经是我们这行的伴随物了。现在，就在这个时候，我摊上了倒霉事：我正等待被任命，我得接过新的任务。”

现在，客人把他的话打断片刻，祝他走运。

“谢谢！”海尔曼说。他坐着欠了欠身子，然后舒适地向后靠在扶手椅上，把穿着拖鞋的脚无拘无束地向前伸展。“与此无关的是，当然啦，今后我悉听您的吩咐，在任何方面，以任何手段，只要我的力量允许。”

客人匆忙保证说，他无论如何也不会滥用主人的时间和耐心，总共需要的就是几个信息，希望在现场勘察时请求主人提供；明天就应该进行第一次现场勘察，将来还需要去另外一个地方进行第二次勘察。“但现在我们不谈这个，我们还是说说第一次现场勘察吧，这次勘察需要在这里，在附近的一个场地完成。”所以，他想知道：一切是否都还保存完好，有没有遭到破坏？

“当然啦！”海尔曼回答道。他说：“我们在这方面很注意。”

客人说，做得对，这是非常重要的，即使现在这不是最重要的，因为痕迹的消除是对手最喜欢和最危险的手段之一。然而，这样的事情对最有良心的调查工作的成果也会构成威胁——当然啦，这正是对手所期望的。

海尔曼若有所思地看着自己的前方，仿佛是在思量客人所说的话。

“然而，”他吃惊地问，“您究竟说的是什么对手？我可以保证，在我们这片地方，如果一定要谈论值得考虑的对手……（客人听到这里笑了）喏，好吧，我们假设……那您也不敢去冒那个险，比如痕迹的消除，我保证，只要时间不……”

“时间是很危险的对手。”客人用简短的话打断他。

海尔曼精神振奋地开始说，他对这件事情的理解并非完全如此。他的笑容表现出对原则问题的客观但又果断的反对意见。但是，客人的一个手势就止住了他的讲话。客人说，他暂时认为与海尔曼探讨这个问题不合时宜。海尔曼的脸上现出不悦的表情，看得出，这触及了他最喜欢的一个思想，而他本来是愿意把围绕这个题目出现的、也许是经过不知疲倦的工作才形成的观点表达出来的。但也许更让他不喜欢的是，在自己的家里，他居然把到了嘴边的话又咽了回去。似乎有几个瞬间，他在思考着要不要直接提醒客人注意礼貌的基本要求，但最后他还是没这么做，谁知道为什么。他再次把脚收起来，身子在扶手椅里向前滑动，身体绷直，从而放弃了舒适的姿势，这究竟是否与他内在的心理活动有关系，同样没人知道。询问继续进行。客人感兴趣的是，现场的准确位置在哪里。被问者犹豫了。

“不过，这个您应当知道啊！”他说话的声音有点儿不自然，但同时试图照顾到对方的感受。

“当然啦，”回答的声音响起，“如果我已经在那里的话，我就知道。只是，我不清楚从这里去那里的路线，我想这是可以理解的。毕竟我在这里是外人。难道很复杂吗？”

“恰恰相反，”海尔曼急切地保证，“非常简单。首先应该到达临近的城市，离这里不远，也在这片富饶的平原上。”说到这里，他体贴地微笑了。他顺便说，希望勘察之行不需要客人太多的时间，如果在这个城市不参观涉及我们这片土地的文化名胜的话。客人对此没有做任何回答。他说话的声音可以感觉到是干巴巴的，先前看见过的不悦的神色又浮现在他的脸上。他说，从那里到目的地就已经近了：六公里，或者八公里，但顶多十公里——大概如此，更准确的他也不知道。

“可以理解，”客人点点头，“因为去那里显然是为了别的事，而不是为了数公里数。”

现在出现了一分钟的寂静，几乎可以说，这是折磨人的寂静。后来，海尔曼开口说，就这件事情而言，完全坦诚地说，他自己其实还没有去过那里。客人说，他明白了，海尔曼自然应该为其不得体的言论诚心诚意地道歉。海尔曼抗议道，这绝不可能，他感觉也许对方应该在一定程度上给他道歉。客人说，如果他的感觉果真如此，那么他无论如何也不能指控海尔曼的言论自相矛盾，最多只能指控他健忘。海尔曼承认，表象的确可能看起来是这样的，但真相并非如此，准确地说，有许多次他都计划做这样一个访问，但要么因家庭原因，要么因公务繁忙，即因自身以外的原因，一直推迟至今也未能成行。他说，希望先生理解的是，由于家庭和责任重大的单位的重负，我们这类人不总是能做时间的主人。客人说，怎么能不理解呢，他十分地理解，因为我们所有人都是如此：因为一些次要的义务，我们总是推迟真正的义务，而且这一推迟经常就是一生。假如我们问自己，我们到底都做了什么，我们会感到困惑的。

“这是一个无穷无尽的话题，”他接着说，“但我担心我已经滥用了您的好客。无论如何，我感谢您提供的有价值的说明，有意思，非常有意思。”他说话时站了起来。海尔曼也跳了起来，看起来他是激动的。

“稍等！”他说，“您不会就这样走吧？！您等等……看在上帝的分上，您在找什么？！”

“我的伞。”客人一边说话，一边真的开始在房间里转圈，就连家具的后面也看了，因为他记得他把东西放在了这里的什么地方（他们离开旅馆时，天气闷热，天空阴沉），“您没看见吗？”

“没有。”海尔曼生气地说。他努力地跟在他的身后，有一次两个人还差一点撞在一起，当时客人突然停了下来向相反的方向转身。所幸的是，女人们不是这场可笑的追逐的见证人。这期间，女人们已经互相试穿完了鞋子，去了另一个房间，从那里隐约传来的欢叫声可以推断出，她们在逗海尔曼的小儿子玩，他也许是从梦中惊醒的，因为在这个时候他开始伤心地哭起来：显然，他可能误判了形势。“不过，我们还什么都没谈呢。”海尔曼继续坚持自己的观点，“比如您将怎样去那里？”

“坐火车和公共汽车。”客人说，他的眼睛一直在徒劳地扫视每个方向，“我听说，换乘车挺方便，两种车都快捷而且舒适。”

海尔曼向他保证说，这是真的，千真万确。他从观察到的情况判断，客人对周边交通的了解程度比给他透露的要多。只是恐怕在这个大热天，这趟复杂的旅行将会非常需要他。

听到这里，客人以他那令人不安的方式笑了起来，短促而严肃。但毕竟他至少把脸转向了海尔曼，他向其保证说，他曾经以更复杂的方式去过那里。海尔曼问，这就是说他已经走过这条路了。客人显然是有点儿生气地说：是的，准确地说是这样的，尽管现在这不属于讨论范畴。海尔曼抗议说，为什么不属于，因为他只是现在才看到，迄今他们在抽象地、可以说是在原则上试图澄清与他有关的事情。客人匆忙下结论说，这并没有改变原则。海尔曼承认说，当然没有，然而考虑到所有这一切，他认为刚才向客人提出的问题现在更有理由：恐怕这次旅行会非常需要他。客人回答说，一点也不，如果要说害怕什么的话，最多是害怕；恐惧也不是足够令人难忘的感觉，就明天的工作成果而言，那将是令人满意的，假如他不是在寻求安逸，而是在寻求尽可能艰苦的环境，直至悲惨。他无论如何会这么做，如果不需要考虑他妻子的话。

“正因为这个！正是因为这个！”海尔曼说，“不过，这样无法谈……请坐回座位！”

他匆忙把客人引向扶手椅的方向，他们坐了下来。海尔曼开始翻看一个皮面记事本。

“啊，让我们来看看，明天。嗯，明天其实我要参加经理的报告会……”他开始说。看样子，客人有再次站起来的想法。海尔曼不得不加快速度，可以说他不得不仓促地继续说：“尽管如此，如果早上我及时打电话……我和我的经理关系不错……

总之，我愿意开车带您去，如果您有这个愿望。”

这时，坐在扶手椅里的客人已经是舒舒服服地向后靠去，甚至双脚交叉，露出微笑。

“聪明，海尔曼，非常聪明。”他点点了头，“‘如果您有这个愿望’……哼，我也可以像您刚才那样说这句话。但是，海尔曼，直白的问题需要直白的答案：不，我没有这样的愿望。”

“这么说，”海尔曼问道，“您拒绝我的建议？”

“我没有这样说，”客人回答道，“也许我会接受您陪同我，也许我会考虑让您带我去，几分钟前您提出了这个建议。就在刚才您友善地和我一起寻找伞的时候，我几乎感到您已经在酝酿让步，是的，径直往这个方向前进，最后我们谈话的逻辑在这里汇合。在这里，我不否认，我自己也有点儿过失。然而，现就愿望而言，我向您保证，我没有那样的愿望。我不得不假设，您更不可能有，至少考虑到迄今的过失——不，您别替自己开脱，因为我什么也没指责您。我只是现在才认为有必要提及所有这一切，就是为了建立我们的秩序……用我的话说就是：我们要分清楚愿望，可别让我们的事情混在一起。不只是您，我也坚守我自己的独立性。”

海尔曼看起来是尴尬的。

“那么，”他问道，“您最终决定了吗？”

客人摇了摇头。

“事情陷入奇怪的矛盾之中，海尔曼。您以独立开始，然后服从我的愿望，现在已经服从我下一步的决定。您究竟想要什么？命令？或者免除自己的义务？……是吧，海尔曼，两个成年男人之间的这种捉迷藏，这种不礼貌的拐弯抹角有什么意义呢？！好像您不知道您无论如何都应该来，或许您不知道？”

海尔曼低下头，随后出现少许的安静。

“但我知道。”他抬起头回答道。在他那像瓷器一样发亮的目光中，客人现在第一次看见了某种新的、陌生的、有点胆怯的但又已经无法掩藏的光芒，也许是仇恨？——他在思索着。似乎这不仅没有伤害他，反倒直接激起了他的兴致，他朝海尔曼笑，与刚才不一样的是，他现在更温和，几乎是带着同情心。

“您不可以指责我。广义的责任感是自己给自己做的陷阱，我顶多只是帮助自己掉进去而已。”他说。

“您非常有恶意。”海尔曼咕哝道，“我并没有给出任何理由让您这样。”

客人替自己辩解说，在他的使命中，可以说人的义务就是变成恶意的人，当然一切误解的消除在引导着他，他并不是要伤害主人。

“嗯，”他接着说，“好吧，我满足您这个小小的心愿：您可以带我去。不，别谢我，或者您想说别的？什么也不说？那也好。也许，不需要提醒您注意，没准会是艰苦的一天。在调查过程中，我得给您指点一下，这是难免的。味道……喏，那个方向有可怕的臭味，相信我们会感觉到的。无论如何，我建议您别吃早饭。”

他们说定，第二天早上九点，海尔曼开车来他们的旅馆。海尔曼问，他的可爱的妻子也同他们一起去，他的理解是否正确？对方简短地回答说是。海尔曼下垂的脸上突然出现疲劳皱纹，在吊灯照耀下的封闭酷热的房间里，他的脸看起来仿佛融化了一般，好像受事情最新进展的影响——可以说在所有的希望之光闪现过后——一丝阴影轻快地从他表情轻松的脸上掠过：这是令人不愉快的。但是，他们无法继续交谈，妇人们回来了。海尔曼的妻子是个健壮的金发女人，在她那软软的、雪白的胸部，汗珠像珍珠一样闪光。她把婴儿也抱了过来，看上去是从床上抱起来的，可能是为了哄他，刚才他曾发出撕心裂肺的哭声，同时也许还出于那个隐隐约约的目的——根据一些女人的习惯——不要遗忘母亲和孩子的永恒形象，仿佛是用这个具体的形象提醒男人们注意他们的义务；婴儿看起来不那么快乐，他情绪不佳，表情茫然；很快，他被放回自己的床上，客人们告辞了（伞最后还在前厅里找到了）；海尔曼好心建议开车送他们，但遭到拒绝。他们说，他们想散步。

外边，天空发生了变化，迎接他们的是正在变暗的、纯净的夏天的夜晚；明天可望是一个好天。在通往旅馆的不长的道路上，他把旅行计划告诉了妻子；关于那座城市，他讲了几句。他告诉她，那是古代大公的所在地，那里有无数名胜，不应该从郊游计划中遗漏。妇人在微微地颤抖——他是从她的胳膊上感觉到的，因为他挽着她的胳膊；她的眼睛——一面可信赖的镜子——充满焦虑的问题。

“你去那里并不是为了这个。”她说。

“不是。”男子回答道，“我在那边也有一点小事情。”

“对你来说，会议、度假和整个旅行都是我们去那里的借口。”

“有可能。”男子表示承认，“我总得把工作完成才行啊。”他补充说。也许，他的声音听起来有些不耐烦，但他的意图并非如此。

“你谈的是工作，但却意在言外。”他的妻子说。

“是吗？”男子抗议道，“你指的是什么？”

“我不知道。我害怕。”他的妻子回答道。男子急忙安慰说，她没有理由担心，他要做的事不危险，需要的时间也不长，根本不会干扰到旅游。他的妻子没有回答。男人在想：她能猜到什么，猜到多少呢？

“我们什么时候去海边？”妇人后来问。

“三天后。”他回答道。是的，这个妇人是固执的和十分危险的对手；她的权力是巨大的，显然她也将行使它以减轻自己的痛苦，因此她必须行使——从这个方面看，海尔曼无疑看透了她的底牌，够狡猾的。他并不惧怕斗争，但他不得不反抗这个妇人，而且两个人都必须学会狡猾。这时，一种难以名状的悲伤袭上他的心头，尽管这并没有影响到他的意志。他们听见被窗帘减弱的音乐声，看见了有亮光的大门。他们的旅馆到了。

（2）转折。最初的踪迹。广场对话

第二天，在旅馆的餐厅里，特派员和他的妻子正在享用丰盛的早餐。这时，穿白上衣的侍者急匆匆来到他们的桌子前，说电话里有人找先生。

“等一下。”他对妻子说，一边把叉子和刀子放进盘子里。他穿过餐厅——电话在前厅里——径直跨进封闭的玻璃电话亭，正在值班的旅馆接待员用大幅度的手臂动作指挥着他。

“哈罗，海尔曼吗？”他拿起电话听筒。

“是我。”电话那头响起吃惊的声音，“您是怎么知道的？”

“知道什么？”

“知道是我……”

“我已经在等您的电话了。”特派员说道，“其实，您应该早点来电话。”

“但是，”海尔曼的声音是惊讶的，“您从哪里推断出我会打电话？因为我们并没有这样约定……”

“也许，”特派员说，“如果我没猜错的话，是不是出了什么事？”

“哦，”遥远的声音传来，“是的。孩子……”

“孩子？！”

“是的，孩子……病了。”

特派员做了一个鬼脸。他想，这是最平常最显而易见的事情，他感觉自己的脸要红起来。

“遗憾，”他对着电话里说，“假如早十分钟通知我的话，”他补充说，“我们还有希望赶上早班火车。”

“千万别提火车。”海尔曼抗议道。他打电话来其实只是想问：如果因此把出发的时间推迟半小时，他是否会生气？

“怎么？”特派员不解地问，“您还是要来？”

“怎么能不来呢？”海尔曼回答道，“这样吧……我会把一切都解释清楚的。”他们谈妥后，特派员返回餐桌，他脸上的惊讶依然没有消失。

半小时后，这名男子和他的妻子穿过旅馆的玻璃旋转门，来到外面。夏日的天空一望无际，各处的景物在阳光下泛出耀眼的光芒——时间是合适的，非常合适：估计中午会是闷热天气，希望这不会对勘察的成果造成不利影响，尽管——假如一些过时的规律还是有效的——在那边的高山上我们总是可以指望一点清爽的凉风。仿佛他的皮肤已经接触到了凉爽的空气，一股寒气掠过他的全身——或许这只是纯粹的想法和迫不及待造成的？

“你冷吗？”他的妻子望着他。

“我冷吗？”他惊讶地笑着，“在这个大热天？”但是，这个问题是一个警告：他必须注意，一举一动都有人看在眼里。

一辆汽车的挡风玻璃在闪光：是海尔曼来了。他们简短地互致问候，海尔曼给他们把车门打开；他的手伸向后面，显然是在腾地方，他把后座上的一卷白色的东西往边上推了推——看第一眼时，人们会以为这是一个无害的包裹，假如它不发出声音的话，但它却突然发出了抱怨的、有要求的、口齿不清的、不耐烦的且透出恶意的声音。

“这个是什么？”特派员后退一步。

“孩子。”海尔曼回答道。

特派员没有问更多的问题；他坐到了海尔曼身边，也就是前排的座位上；他的妻子在后排落座，旁边就是孩子；海尔曼已经发动汽车，马上就挂上了快挡，仿佛有急事一般；在经常性的注视路况、控制方向盘和操纵装置的过程中，他右脸的轮廓是可以看见的——需要承认的是，这和吸烟斗的效果是相同的，都可以隐藏人的内心活动——今天早晨，他气色不好，很疲劳，但外人无法察觉，他几乎像金属一样结实。在经过几个冒险的拐弯之后，他们已经奔驰在了公路上；海尔曼开始说话了。

他讲述道：事情来得突然，这在小孩子身上容易发生，昨晚客人刚刚回家，一分钟前还没有任何发病的迹象——一切看起来都像往常一样安静和平和。他和妻子收拾完屋子，还有时间喝几口酒，说几句亲密的话。他们的习惯是，在睡觉前再去看一眼孩子，他们向小床弯下腰仔细端详一番，然后才放心地回去睡觉。现在也不例外。他们静静地欣赏着这个进入梦乡的小人儿，沉浸在幸福的情景之中。但是，似乎有什么地方不大对劲，孩子动了一下。他们互相问对方：孩子为什么胆怯地把自己的脸蛋藏起来？他们想了想，是灯光造成的，于是过去把灯关掉。然而，孩子的眼睛突然睁开了，小小的喉咙里发出痛苦的声音。他们弯下腰，试图让他安静下来，他们呼唤着他的昵称，亲吻他，安慰性地抚摸他——他们吓得赶紧把手和嘴唇收回，因为他们感到小孩全身发烫。他们跑去取温度计：三十九度！他们立即打电话叫医生，是的，叫布卡卡（海尔曼讲到这里笑着说，不知何故，“医生叔叔”以这种特殊的声音形式进入到了孩子的词汇之中），医生的诊断认为，这是急性感染，希望没有并发症的感染。

他停止说话，好像我们前面的路是空的一样，他从肩膀上向后投去焦虑的一瞥。然而，他是没有理由的：看样子，孩子的兴趣慢慢地转向坐在旁边的陌生人身上；他的哭泣先是变成啜泣，然后是张着嘴一声不吭，再后来他活跃起来，咿咿呀呀地“说”个不停。他开始玩弄朝他俯身的妇人的指甲染成紫色的手指、她的项链上摇来摇去的闪光的坠子和衣服上吸引人的纽扣。

“瞧瞧，”特派员微笑着，“真是个小强盗，也许他是用昨晚的发烧来欺骗自己的父母。”

“不，不。”海尔曼抗议道，“这只是短暂的缓解，是退烧针在起作用。但要完全康复还需要好多天的细心照顾。现在，孩子去外地的奶奶家，到花园里去，透透风。”

“也许我们要迫使您绕道。”特派员焦虑起来。

“没关系。”海尔曼安慰他道。海尔曼说，他们要去的城市和奶奶家不在一条线上，但为了他们，他非常乐意绕道而行。从那里，乘坐昨天提到的公共汽车也可以轻松抵达不远处的目的地——他们继续赶路，而孩子则要尽快躺到床上才安全。

“我们被迫制造了多少麻烦啊，”他遗憾地说，“好像缺少了我们，您的麻烦就不够多似的！”他接着说，他没有理由替自己辩解，最多只是想提醒海尔曼，昨天晚上的确是他提议、催促，可以说是他强迫他接受他陪同的。

海尔曼耸了一下肩，抬起手做了一个无可奈何的动作，然后又急忙把手放回方向盘。

“我的愿望是好的，”他说，“事情出现变化，这不取决于我，因为这个您也可以看见了。”

“怎么能看不见呢？”特派员表示赞同，“您的借口与以前一样，现在也是完美的，海尔曼。”

接下来是寂静。在逆风中，从两边飞扬起来的头发吹打在海尔曼向前突出的脸上——他的脸仿佛是一个带翼的盾牌，僵硬地紧盯前面的路。他给车加速，避过一辆在他们前面突突作响的拖拉机，然后因为对面来了一辆行进缓慢的载重卡车，他突然踩刹车，换挡，转动方向盘。当把汽车再次开入直道后，他眯起眼睛，说话的声音是那样的微弱，似乎他还没有决定是否让别人听见他的声音。他说：

“您不是人。不是。您不是人。”

现在，汽车平稳地、毫无障碍地向前飞奔，听得见呼呼的风声。特派员看起来在沉思。

“从某些角度看，毫无疑问您可能是对的，海尔曼。”他表示承认。

现在，海尔曼没有说话。但是，他的脸抽动了一下；微小的、不规则的、几乎察觉不出的抽动化解了脸部的僵硬，这可能是反映了内心的斗争。

“请原谅！”最终，他犹犹豫豫地说，“我紧张。我害怕刚才……总之，我不想伤害您。”

特派员突然抬起头：怎么？也许您是想替自己辩解？您绞尽脑汁进行激烈的回击和深刻的修正；然而，您还是把刚刚找到的词语咽了回去。因为您其实已经得到了想要的东西——但您究竟还想要什么呢？报复？或者赢得伙伴？——在这个时刻，目的地越来越近，但这些突然却显得不那么重要。他们沉默着继续前行。只是，他们的身后却传来嘈杂声，小孩儿的手一开始时快活地乱抓一气，现在看来把力量都集中在唯一的一个确定的目标之上：在固执的一次又一次的进攻之后，他试图不顾一切地抓住妇人的眼睛玩（也许，是这个闪光的东西在吸引着他，描画成黑色的眉毛使这个闪光点更加明亮）；这在两个人之间产生了无数的充满情趣的插曲——女人和孩子总是相互理解的。

他点燃一支香烟，这是一种特别的品牌，味道发苦（烟斗已经过时了，再说他也没有带来）。他在座位上舒服地向后靠去，把所有的注意力都集中在公路上。他们现在走的是那条以路边成行的李子树出名、不仅使树木也使文学出果实的古老的公路吗？如果是这样的话，它就不属于这里；那个被诅咒了无数次的作家在他的浪漫作品中提到，他曾从这些树上摘下了新鲜的、多汁的李子。他已经死了一个多世纪，因此这些李子树的年龄也增长了这么多年，直到现在还屹立不倒。树后面的风景经过精心布局，赏心悦目的菜地、变黄的庄稼以貌似和平的图景在欺骗观者。这里有一个温馨的客栈，在它的有阴凉的院子里，两个穿着靴子、系着蓝围裙的农民在喝着什么，从他们的杯子可以推断出他们喝的是啤酒；现在，瞧，突然出现一片森林，树冠庞大，树干上长着苔藓。去年的落叶还铺在地上，只是已变成潮湿的腐殖质。森林深处，颤抖的光束、神秘的阴影，仙女的裙尾、特殊的形状在移动。在那里，早晨的日光还不能完全穿透水汽。路上汽车不多，有许多次他们不得不避让骑自行车的农民。多数女人把灰色头发编成紧紧的麻花状，在颈背处扎住。当汽车从她们身旁经过时，她们会细心地压住裙子。是的，没有什么值得注意的：在这里，一条从精神角度讲无疑是珍贵的、但首先还是发挥着其实际功用的古老公路，在过着它无辜的日常生活——完美，应该保留下来，完美无缺。

公路边上的一块牌子闯入他们的眼帘。海尔曼放慢车速，在他晴朗的脸上，他对刚才的小插曲保持的警觉依稀可见。

“就是这座城市。”他说。他想用微笑让人相信，再作澄清是没有必要的。

哦，这就是那座城市，这是真的吗？他们来到房屋、成排的房屋中间，然后进入规整的街道。特派员用研究的目光扫过一切闯入他眼帘的东西，比如路面、人行道、房屋、人：是的，同样的井井有条，同样的完美，布置好的物质结实得同样无法穿透，如同刚才在公路上看到的一样——在这里搜集证据也将十分困难。他无法指责任何人；毫无疑问，人们的做法是公正的，实际上他们没有移动任何东西；这里有不期而遇的角落、狭窄的小巷和令人吃惊的人行横道，用鹅卵石铺成的大大小小的广场，它们的中间是雕塑、水井或两者梦幻般结合在一起的艺术品，还有带柱子的坡道和大门、古老的三角形墙面、阳台、突出的门廊和护墙，这些都永远地、永恒地宣示精神与美的不可侵犯——是的，一切都是完美的，就像一个光学陷阱：任何地方都没有缝隙，找不出任何缺陷；一切都看得见，但一切都在抵抗，应该在这里的一切都在这里，但一切都是虚假的，不是它们本来应有的样子。

他听见了海尔曼的问题；可能他已经对他说了好几分钟：他想知道，他是否满意。

“不好不坏。”他回答道。他不允许海尔曼察觉任何东西；海尔曼探寻的目光已做好了迎接无耻胜利的准备。现在，他突然明白海尔曼为何愿意同他一起来这座城市而不愿继续往下走。这是多么痛苦的明白啊！

“当然，还是发生了一点点变化。”海尔曼微笑了。

“我看见了。”他回答道。即使不能控制自己的感情，但至少他能控制自己的声音。如果是想看见他失败的话，海尔曼无疑选对了地方；在这里，是他在指挥，条件是他定的。他以城市交通所允许的速度开车，对于探寻踪迹的眼睛，他不留任何时间，不留任何物证——这是悲惨的境遇，对此他什么也做不了，只要他不想暴露自己，不想最终依附于别人。幸运的是，在一个十字路口，交通灯变红；特派员的身体向前倾，他认为十字路口可疑；但灯变成了绿灯，汽车已经向前冲去，他的头因惯性而向后倒去，然后又向前倾，导致他的额头几乎撞在了挡风玻璃上。

“注意！”海尔曼吓了一跳，于是对他说。

“什么也没发生！”他安慰对方。他感到自己的整个内脏都在颤抖。真的，这座城市不那么重要；斗争的结局在别处决定；而这一点，尽管作为理由是足够了，但作为安慰却远远不够。勘察实际上是从这里开始的，假如在这个城市没有收获，后面还能有指望吗？他的目光现在已经是毫无规律地、急切地向右看看，向左看看，向上看看，向下看看，他的脑袋在汽车前像螺旋圈那样转动。全是徒劳，他期待中的证据越来越遥远，汽车在前进，乘客则失去了有价值的、无法挽回的分分秒秒。

他向座位的靠背靠去：看样子，他得放弃了。他的眼睛因努力睁着而感到刺痛和目眩；他闭上眼睛让眼睛休息，头靠在座位的头枕上，后来他又将眼睛睁开，根本什么也不去想，只是因为他感觉已经缓过劲来了。在吃惊之中，他坐直了身子。现在，他对什么也不期待，突然，瞧，城市说话了。这是怎么回事？——特派员这时几乎不能对自己做出解释。错误隐藏在方法之中，显然，这里指的是迄今为止他固执地、僵硬地、非常顽固地遵循的方法，因为他自以为那是恰当的。他只是在察看角落、街道和十字路口，想用不确定的要素堆砌出某种确定的结果，用易于消失的细节堆砌出坚固的整体——失败的发生有其必然的逻辑。没有人把他诱入陷阱，是他自己走进去的，只要他自己不犯错，永远没有人能够误导他。因为他本应估计到并据此进行准备的是：各种细节被隐藏在罩在它们表面的永恒与稍纵即逝的现在，即这个可笑的、日常瞬间的面具之中，而直奔目标的目光在这个光滑的表面会无所事事地滑过。然而，现在他不抱任何希望，倦怠的目光毫无目标地、可以说是漫不经心地在房子最高一层扫视；现在，只是在照射进去的光线的角度和对一种颜色留下的绝对印象的帮助下——通过一种人们忘记改变或者不能改变的颜色——他一下子达到了目标。这是一种什么样的颜色呢？是那种从每一栋房子都散发出来的、巨大的、坚硬的、非常显而易见的颜色，特派员需要思考它的名字：黄色。但是，关于它，他是否可以说点什么；他究竟是否可以把这个约定俗成的音节，这个抽象空洞的定语的爆破的但依然无法抓住的易挥发的声音发出来？特派员一动不动地、入迷地看着——他不是在看，而是在接纳，就像接纳容易消失的香味那样，把所有的感觉器官都沉浸在其中，将其作为战利品，谨慎地但又毅然地从这里抢救出去，据为己有。毫无疑问，这个颜色光彩耀眼，这个颜色也是永恒的，只有在普通日子的一个瞬间才能抓住它；然而，这是一个完全不同的瞬间（只有在这个迷惑人的现在的无情的限制中才可以找到它），它不可捉摸，没有任何物证。让他走运的正是，他通过循规蹈矩的工作所试图排除的正是：偶然——这是一切调查从来没有算计到的但依旧是不可缺少的成分。所以，需要的不是冷冰冰的计算，而是偶然的惊喜；他长时间地研究在他面前隐藏起来的东西，尽管他不得不去抓住可以看见的东西；他知道但或许不知道，他自始至终都在猎获他自始至终都在忽略掉的东西：这个黄色，这个令人吃惊的、非同寻常的认识；这个认识是现在这个瞬间的产物，与它同时产生的是迄今追求无果的另一个瞬间，即这座城市在他面前隐藏起来的、为他而保存的、唯独通过他才可以产生的瞬间；瞧，一切都是无法否认的、被证实的和确定无疑的。

是的，这是天空的耀眼光芒，这是帝王的黄色。在这种无情的颜色和光芒中，他迄今不知疲倦地坚持的一切轰然崩溃；坚硬的墙壁像海绵一样变软；一切抵抗全都土崩瓦解。这个城市在他的眼前变得会说话了，它在讲述。它就躺在他的面前，把自己的毛孔打开、揭开，被战胜的它尽管不情愿，但却是顺从的。就像冲洗液中的胶卷，图像从薄膜般的覆盖物后面眼看着显现出来。它的美脱落了：锈迹斑斑和僵硬的尊严在瑟瑟发抖，摇摇欲坠，衰老不堪，任人摆布。它的奢华的巴洛克建筑（巴洛克建筑布满装饰，如同爬藤植物爬满墙面）仿佛在他的眼中坍塌，摔成碎片，就像强行播放被坏唱针划破的老唱片，乐曲在有的地方会变成孤独的、可笑的声部。城市的装饰、街道、楼房和华丽浸泡在时间里，永恒的现实的面具从它们身上脱落下来，它们在这里存在的瞬间性、一次偶然性和令人毛骨悚然的无能为力展现在眼前。特派员看到，这个曾经的城市并非人们展示的那样，而是应该就成为那样。他的心里响起严肃的叫声——工作进展不错。他只是现在才突然意识到他不是一个人。在他的身边，海尔曼说起话来没完没了，但说话的对象已经不是他，而是坐在后面的妇人。他向一个欺骗人的、越来越强行要求他存在的表面世界把手伸开，指指点点地进行解释：这里住过某个人，那里举行过讲座，这里是发表演讲的地方，那里是执政的地方；他的妻子——是无知呢，还是也许他们志趣相投？——用一连串的问题对他进行鼓励，高声表示她喜欢，她感兴趣。

“公共汽车从哪里出发？”他生硬地插话道；这个气氛是不允许被打断的，来自各个方向的危险已经在威胁着他。幸运的是，海尔曼用手指向街道尽头不远处的一个广场，只见绿色的阔叶树木和商店窗户上飘动的鲜艳的遮阳帆布几乎就在他们眼前。然而，他们先是突然拐进一条小街，海尔曼用交通规则来解释这一做法；又一次拐弯之后，他们真的又一次瞥见了广场，不过现在是从另外一个角度看见的。现在，他们已经站在了广场的入口处，海尔曼指给他们看停靠在对面人行道旁边的灰色公共汽车。他们道谢后下车。小孩儿突然失去一路上和他大声玩耍的人，脸上露出惊吓的神情，看起来事情的变化已成定局，他在失望中生气地大哭起来。妇人不得不俯下身，至少得给他一个吻，为了让他快活，最后再咯吱他一下。然后，他们互祝对方走运后就告别了。海尔曼的脸——一个逃兵狡黠的如释重负的脸——从摇下玻璃的车窗里友好地转向他们。他对这两名旅行者还有几个最后的建议：午饭只能在那个著名的宾馆里吃，它的名字是用犀牛或河马——特派员在这里显然不可能注意倾听——总之是用南方的动物命名的；如果不反对——他提议——回程愿意再来接他们，如果他们认为四点半合适的话，还在这个广场。妇人喜欢这个建议，认为不可能有闪失；尽管问题是，那个时候他能否把工作做完，任何一个确定的时间都只会限制他；后来，他们就孤零零地站在了广场上。

“现在，”妇人问道，“去哪里？”

“首先我必须完成我的工作。”他回答道。

“好吧！”妻子说，“我们走吧！”他们向前走了几步，从房子深深的阴凉处走到火热的阳光照耀下的滚烫的广场上。这是一个繁忙的广场，看起来这里的艺术氛围使他心旷神怡，心跳加速。离角落不远处——对面是一个山丘状的喷泉——他们瞥见一个甜食店，露台上鲜艳的遮阳伞、彩色的桌布和舒适的芦苇椅在引诱着他们。机不可失，再走一两步就晚了。于是，男子停住脚步。

“你，”他说，“如果你不想的话，没有必要跟我去。”

“我为什么不想？”妇人望着他。她坦诚的目光和自信的神情同时充满不祥的预感。

“我害怕，”他回答道，“哦……也许你会无聊的。你可以在市里转转。然后，我们可以说好，你在这个甜食店等我。”

妇人仔细看露台。

“这更无聊。”她认为。

“那你就买买东西。”丈夫提出建议。

“买什么？”她问道。她忠诚的目光盯着他；男子把目光躲开，以便继续往下说。

“我不知道。你肯定会买什么东西的。”

“我不想买。”她回答道。他们都沉默不语。那边，公共汽车周围的人动了起来，好像在做着出发的准备；时间紧迫，妇人不想让他的事情变得更简单。

“我想独自一人去。”最后，他冷峻地、生硬地大声说，就像一个人在坦白一样。

“你在欺骗自己。”妇人耸了一下肩，“你不可以独自一人，因为你也知道。”是的，他知道，尽管他不想知道；现在，他看见了漩涡，在这里面，一条曾经自豪的船（归因于一个决定），它的遗骸在沉没，在令人眩晕地旋转，越陷越深。

“我是你的妻子。”妇人接着说道。他们再次沉默不语，男子还在研究她的话，但妇人的声音又响了起来。

“我要和你一起去。”她坚决地说。她简直充满自信的权力意识。

现在，特派员望着人行道；他还试图斗争，但已经感到自己输了。他知道，他在犯草率的错误——这是他一直所害怕的；但他还是说了下面这句话——他不可能说别的：

“我们走吧！”

他们站在人行道的边上环顾四周，然后手拉着手——他们总是习惯这样走路——走捷径穿过热闹的广场，径直向公共汽车的方向走去。

（3）迷路。大门

他们来到了对面，让特派员感到非常吃惊的是，他不得不向自己提出一个问题：他究竟设想过其他的情形吗？也许，让他吃惊的是：并非只有唯一的一趟公共汽车（且目的地也是唯一的）从这里出发？但是，这样的信息他从任何人那里也得不到；在光天化日之下，他自己不可能做出假设，如果说要对什么感到失望的话，他最多也是对自己的错误思想感到失望。这里是公交车站，他们要在五六辆相同的汽车中间找到自己要坐的那辆。与其他的汽车一样，他们的汽车也是简单的跑农村的班车，有固定的线路，有确定数目的车站，他们将在其中的一个车站下车——在沾满灰尘的客运时刻表上，他们可以读到这个车站的名字，它就在一堆不重要的、毫无意义的地名之间。太聪明了，这是特派员做出的判断。显然是幼稚的和可以看透的方法，然而现在却是那样的有效和危险。等待是建立在单调之上的，其危险是让人精神崩溃。阳光穿过封闭的窗户照进来，把两个黏糊糊的人造皮革座位晒得滚烫，坐在这上面能不能坚持到底？在闷热的汽车里，能不能抵挡住已启动的发动机无休止的、颤抖的噪音和乘客们冷漠且有催眠效果的闲聊？

幸运的是，司机也承担着售票员的任务——他们必须从他那里买票。司机告诉他们，总共再过十分钟就发车；根据他的快速计算，在中午之前他们几乎不可能抵达现场，而四点半海尔曼就已经在这座城市等候着他们了；这还没有考虑到妇人呢——他可否拒绝她吃午饭、乘凉、休息和放松？可要是这样的话，留给勘察的时间也许只有三个小时。他偷偷地看了一眼妻子，妇人无言地坐在他的身边，满脸的感动和努力，她生怕自己成为他的负担——他能否允许自己因等待和现实环境所引发的愤怒而和她翻脸呢？不妨看看其他乘客：可以说全是男农民和女农民，其中也许最多也就一两个衣着洋气的当地小商人；引人注目的是布满许多血色和紫色毛细血管的脸、暗色的头巾、肿胀的后脖颈、超大号的四肢和作为负担扛着的重重的肚子和胸部。他们大声聊天，下车，返回，把包裹放上去，又取下来。他们朝坐在远处座位上的熟人说话，那些人大喊着回应——他们像是完成上帝制订的计划的盲目工具，但他们忠实地扮演着自己的角色，温顺地满足对他们的预期。一个戴包头软帽的妇人带来一篮子小鸭子；从包裹着篮子的头巾边缘处，一只鸭子找到办法呼吸使其活命的空气，只见这只动物将呱呱叫的黄嘴伸出来；这妇人看也不看一眼，只顾一刻也不停地和周围的乘客热烈交谈，她用大拇指漫不经心地把大声抗议的鸭脑袋摁进篮子里；这个情景不知疲倦地重复着——鸭子们和妇人们令人难以置信地互相叫嚷着——最后，这只动物的脑袋被无情地拧了一圈，上面的绳结也打得更紧了。他的妻子——看到这一幕后神情发呆——多次转向他，好像要说什么，但出于某种原因最后还是改变了主意；然而，这个暴力结局还是迫使她表达出强烈的不满；男人回答说，他什么反常的东西也没看见；妇人悲伤地哭出了声。

“难道只能这样吗？”她问道，“我们不是人吗？”

“是的，所以我们才吃鸭子。”特派员回答道。他的妻子沉默了。

可以说，他没有察觉到汽车已经出发了。在这条路上，他不可能期待看到任何值得一提的东西，他宁愿只要求自己保持警醒，以免受迷惑人的因素的影响，这些影响在这里面和从汽车外部都同样威胁着他。他旁边的妻子——好像是坚守着没有说出来的誓言——无声地忍受着旅途的紧张，这种紧张感反映在她的眼睛里和一个个不安的动作里。有时，他还是无法压制住自己发表言论的冲动，起先他的声音是轻轻的、谨慎的，仿佛不想让人听见似的，后来他越来越忘记自己的身份，说话的声音变得更大，而且要求得到答案，最后男人吃惊地发现，他们卷入了正常的谈话之中。他生气地向窗外望去；如果这样下去的话，妇人的沉默会破坏掉他在城市里取得的那点微弱的成果。她的存在对一切都是限制，把一切都限定在无法容忍的克制之中——瞧，这是他的错误带来的后果，他的草率带来的结果，为此他必须付出代价。

“我们在哪里下车？”妇人问道。

“我到时候会说的。”他回答道。无论如何，那个地方在上坡路段结束的地方；他们没有向任何人打听准确的信息，这一帮助——尽管他的妻子说，有了准确的信息，旅途将会更加轻松，也许她就是这么想的——从旅途的一开始就被他立即弃之一边。此后，妇人不再过问此事。

然而，他们暂时还是艰难地、呼哧呼哧喘着粗气向上行进，这条曾经被痛苦折磨的、布满弹孔的路面（它时而像发高烧一样使汽车抖动，时而使汽车向前倾，时而使汽车向后仰，时而使汽车左右摇晃，最后又使汽车恢复平静）已经被压成平平的公路。尽管山下的平原无疑提供了令人心旷神怡的景色，但在这个没有特点的、缺少任何必要性的、在其他地方都可能有的山区，它已成为交通运输网可信赖的路段。特派员冷漠地、几乎是轻蔑地看着它。

突然间，他们就发现了变化：陡坡路在他们的身下变平坦了，在巨大的响声中汽车换挡，然后减速，似乎快要到车站了。

特派员从座位上起身。

“我们下车。”他对妻子说。

没有人跟着他们下车；在这个荒凉的车站，没有一个其他乘客有事要做，当公共汽车走后，在这个荒无人烟的地方就只留下了他们俩——不过，这是令人高兴的环境，只可能对自己的工作有利。

但那个地方在哪里呢？公路在这里是一个急转弯，往那边不到一百米就已经蜿蜒而下；尽管如此，他们所站立的这个高地，这个在烈日当空的正午毫无防范的地方，还不是山脉的最高点。整个周围都是不毛之地，刺目的白石头闪闪发光。按照他的预期，那个长长的、低矮的房子就应该在左边偏上的方向，在它的中央是对着地基方向垂直向上的陡峭房顶，主要是有旗帜，在夏日正午的这个时候，旗杆上有懒洋洋地飘动的旗帜——即使有当今的任何旗帜，都无所谓——可它一点儿影子都没有。他被欺骗了吗？或者，是他犯错了？妻子默默地、一动不动地、耐心地在他身边等待，而在这个瞬间，这显然是为行动、为期待已久的行动准备的第一个瞬间，他因不知何去何从而如瘫痪般地站在那里，恐惧地环顾四周。

“怎么啦？”妇人胆怯地问道。惨败在他的脸上可能已经反映了出来，但是他能允许自己承认吗？能允许自己在妻子的面前再一次表现出懦弱吗？

“我迷路了。我不知道我们该往哪边走。”他说。

“那我们就问问别人。”妇人小声说。她没有露出丝毫的惊慌，她借用解决普通问题的方法，面带微笑地提出这个不可能实现的建议；他突然高兴起来，他有伙伴，有这次悲惨经历的见证人，这在他的心里如同燃烧的耻辱般滚烫地扩散开来。

“问谁？”他问道。

“问谁都行。比如，问那边的那个人。”妇人指着一个朝他们这个方向走来的一个人。

但是，这个人显然并非朝他们而来，如果他们不让他停下来的话，他会走斜道从他们旁边经过，也许他要去的是公共汽车站。

这是什么人啊？——特派员带着越来越不信任的目光看着他。那人身穿运动服，衣服上从头到脚都是方格子图案，而且是大的方格子；在这个大热天，他穿着上衣和及膝短裤；穿着靴子和毛袜；头上戴一顶与衣服布料相同的、有帽檐的格子体育帽。他走路的姿势就像踩着高跷，自信而谨慎地走在熟悉的沼泽地里；长长的鼻子上架着金边眼镜；他有礼貌的微笑暴露出满嘴金牙。

在这个无人之地，他是怎么出现在他们面前的，而且是在需要他的瞬间？他是朝圣者还是当地居民？这究竟是现实还是梦境？——特派员只能猜测了。

无论如何，这个人就在这里，而且在说话，因此他的确不能怀疑。那人说，当然可以把有关信息告诉他们。他的眼睛闪烁出光芒；他伸出长长的胳膊，那瘦骨嶙峋的大手指向与特派员的期待相反的方向：你们是来寻访这里的名胜？只能在那边，你们快点去吧，节目马上就要开始了，那里有电影和博物馆，有历史废墟和现代艺术作品，有生者看的景点，有死者的栖息地——节目内容多样，有教育意义，这个节目是有保障的，时间具体到分钟，每个演讲者或展览的讲解员都是专家。

“什么？……您在这里说什么？！”特派员惊讶地问道。

“但现在已经是这样了。”那人微笑着说。

“也许你已经去过那里了？”他盘问道。

“不止一次。”一个自豪的回答声响起。

“究竟为什么？”他抛给对方一个问题。

“我就住在这里，不远；我是一个孤独的人；我星期天该干什么呢？”那人用尖锐的几乎责备的眼神望着站在他对面的人。

“我们走吧！”特派员说。他抓住妇人的胳膊，转向那人所指的方向。这个人显然是发疯了，即使如果没发疯，也是个恶棍；都一样，很快就将得到证实，他说的是对还是错。

他们只走了几步远，就来到了一个截头圆锥体形状的山丘的顶部；一阵微风扑面而来，他们滚烫的额头顿觉凉意。特派员不自觉地笑了——对于所期待的问候，我们就是这样回敬的——然后，他用鼻子深深地呼吸了一下，满脸专注的神情，仿佛是专家在评判陈年葡萄酒的香味。他不能毫无干扰地工作，无法容忍的闪光在折磨着他的眼睛：在远处，阳光在半打金属片和玻璃片上跳起疯狂的舞蹈。那些是公共汽车吗？是的；它们一动不动地停泊着，显然是空车在等待着远处的乘客；它们绝对不属于当地车，它们陈旧的灰色在蓝色、红色、黄色、绿色和棕色的高档车中间相形见绌。这些高档车中，有一两辆可用双层带空调设备来炫耀，但即使是最差的车，车身上也有醒目的公司标志在招摇，旅行社用五花八门的服务误导乘客。特派员走近汽车，这样会看得更清楚。他读到了城市和国家的名字，有近处的，有远处的，来自四面八方。打击是突然的——他没有想到的是让游客们参加表演——尽管他经过仔细的思考，甚至忽略了刚才那个人所说的话，如果对于眼前的情况毫无防范的话，这是不是他的错呢？游客如同蚂蚁，蚂蚁一次只搬一个面包渣，但它的勤奋换来的是积少成多。而他们的每句话，所拍摄的每张照片都对包围着他们的无声的、重要的东西构成磨损——他不得不思考的是，人们让挖掘的正是这个可能性。到底可能在哪里呢？他带着苦涩的好奇心环顾四周：现在是否出现停业，或者与此相反，针对他们的表演是否正在某处全力进行？——没有可能知道；任何地方也没有表演。那些孤独的汽车增加了这个地方的荒凉感。

他注意到妻子的呼唤；刚在，在匆忙之中，他把她落在了后面。现在，妇人从那里呼叫他。她指着什么；特派员回转身，看见了她高高举起的手臂。

“看，一个大门！”妇人说。

是的，在那边的山脊上，在陆地与天空相交处，陡坡就在那里结束，想象中的悬崖就在那里，两扇门孤独地向天空敞开。

特派员克制着速度缓慢地向上走去，好像他的谨慎能够裁剪出希望的步伐似的。会是大门吗？

有可能，为什么不呢？这个场地的位置、斜坡的这个特别的点使它成为非常合适的地方。毫无疑问，应该给假设留下位置——但无论如何，没有必要为此心跳，没有必要像疯子那样追逐一切可能的机会，他明知是错的但依然还在思考：大门应该再大一点儿。这里的这个大门小，不重要，什么也算不上，它会消失在这个环境中，它几乎是可笑的；两扇有孔的门上有铁做的装饰物：模型！装饰！圈状织物、铁的编织物、接缝、装饰是那样的复杂和看不透，互相交叉，互相纠缠，如同命运的走廊。它们在哪里呢？这个装饰物的图案是那样的简单，没有人在看第一眼时看不透它：菱形，常见的用铁锻造的菱形，摆成与垂直线条平行的队列，在相交处进行双倍的焊接——毫无争议，这是杰出的工艺，但却一点儿也不是那种以艺术的方式镂刻的工艺，本应该做成那样的；尽管如此，这还是大门，这是没有疑问的。

“我看见它的中间有某种文字。”妇人告诉他。他们站的地方距离那里太远，看不清分成三部分——可能是三个单词——的文字，它就嵌在大门图案的中心，从这里看上去就像某种树枝。“M……m……”她试图把字母拼出来。

“各得其所[①]。”特派员给她帮忙。

妇人沉默了；她把头转向侧面，低下头——就像一个正在忘我地玩耍的孩子突然遭受到了羞辱。

“奇怪。”她轻声说。

---

① 此处匈牙利语原文：Mindenkinek a magáét。一九三七年，纳粹在德国魏玛附近建成布痕瓦尔德集中营，集中营大门上有一句标语：“各得其所”。

“一点不错。”特派员微笑着说，“对一些人来说肯定是奇怪的，但其中有可以接受的真理，只是需要发现。”他补充说。

妇人用研究的目光仔细看他的脸：

“对我们也是吗？”

男人沉默了。

“你在妨碍我。”他说，“我得走了。”

他匆忙地向前走去，迈开大步走了一两步，他就站在了大门的旁边。

“我得看看。”他咕哝道。

这句立即说出口的、辩解性的解释是说给妻子听的，但她却已经不在他的身边了。他回转身，在他们刚才站立的地方，他现在看见妇人一个人站在那里。他走后，她一步也没有走，一步也没有挪；只是眼睛在跟随着他，与令人眩晕的阳光进行的斗争使她的眼睛显得憔悴。她把一个胳膊肘举到眼前，在小臂细细的阴影中试图找到保护。距离和下面无边无际的景色使她的身影变得渺小起来。有那么一会儿，特派员陷入这个痛苦的景色所引起的无名的焦虑之中。他还能为这个妇人做什么呢？他把两个手掌做成漏斗状，放到嘴边。

“我就回来！”他朝她喊道。他身后的背景是大门的铁栅栏。

由于喊话太用力，妇人的脸看起来真的是痛苦的。

“什么时候？……”她的声音飘了上来。特派员心里涌起一种特别的感觉，这是获得奇妙的认识后的那种令人震惊的感觉。准确地说，这个问题应该在这里响起来；现在，它在空间无力地分解，但因其回声，它也以同样的方式在增强，好像——是的——这个问题不是她的，而是正巧是由她喊出来的，通过她鲜活的声音，赋予在这里安息的所有默默的灵魂以生命。当他想到他必须给出一个回答时，他几乎不寒而栗。

“下趟公共汽车一个半小时后返回！”他喊道。

他是多么的软弱啊？他为什么要对一个尚未提出的要求让步呢？他在角落转身，他几乎对自己感到害怕：够了，为了妇人，他这样已经牺牲了很多，牺牲了非常多，现在如果可以的话，他宁愿让时间停滞，他连一分钟可以浪费的时间都没了。

（4）震惊。勘察。小客栈

他径直向大门走去，但还没动身，就停了下来。他应该一直想看的东西，看起来就像被他忽视的次要事实，现在突然作为生硬的事实，并带着对生硬的顽固抵抗而出现在他的眼前：大门关着。他原来的计划是，走进大门踏上他的工作现场，这个计划显然需要修改。特派员突然生起气来。是要强迫他绕道走吗？让他偷偷摸摸地从后门溜进去，挺起胸膛，就像征服者那样吗？他几乎有了冲动，想扑向大门，撞击或者撬开它，战胜事物的这个邪恶的、不断更新的反抗；然而，他清醒的理智很快就占了上风。

他和大门之间有大约两三步的距离，这几步他需要向上走。暂时，他还不能看到大门的后面，因为在那里坡面转折而下。然而，与大门的斗争能否使他抵挡住诱惑，即不往大门后面看哪怕一眼，这会不会威胁到自己的成果和目标以及对这一景物所抱有的巨大期待？

于是，他走上一条路；其实也不是路，更应该是脚步留在土壤上的印记，是一种田埂路。他从陈旧的、磨损的铁丝网的残留物旁边经过，看得出铁丝网的维护被忽略，它被扔在那里等待时间的侵蚀、变黑。特派员用指尖轻轻地触碰锈迹和正在风化的铁丝网上的刺。他的判断是：离坍塌不远了。可以说，他的情绪开始低落下来，顺从地沉思这个毁灭的景象——当然，他并不知道，这正是目的，让痕迹消失只是事情的诱饵而已；精心布置的陷阱无论如何是聪明的想法——他还需要做什么准备呢？不允许草率地做任何事情，同时他是独立的；阻挠性的条件谁也不提；他自己为本人的工作制定法则，为错误和成绩独自承担责任。这里需要的方法不同于下边的城市：在这里，不需要让这个地方开口说话，相反，他将是这个地方的试金石，他自己需要说话。他想变成乐器，让其悦耳的声音成为暗号；是的，同时应该展现的不是景色，而是他应该在景色前展现自己；不是应该搜集证据，而是要变成证据，变成将来作为证据的痛苦的胜利之悔悟的、无情的见证人。

又走了一两步，铁丝网中断，在那里，他应该向左转才能看清楚。他停下来检查自己：是的，这个地方的地图——他考虑到了所有的可能性，把它装在衣兜里——是没有必要掏出来的。为了它，他做了很多的准备、测量、检查和协调，他准确地知道应该看什么，眼前的景色对于他而言就像是一个模型，所有的角落、广场、所有的建筑物、营房和窄巷都在。他什么也不需要做，只要检查已知的情况即可，然后服从于这个知识。

他在高地的那个最有利的点上转身，那里有一个宽阔的鸟翼般的平台面向景色，他极目远望，如同猎人看鹰；他所看到的几乎让他的脚像钉在地上一样。

下面是空旷的原野，有风吹过，长满了草。他脚下的山坡是光秃秃的，一直延伸到一个遥远的、呈半圆形的深色森林地带。

这是谁干的？是大自然，还是人为的毁坏？不，这么完美的作品单靠大自然自己是永远完不成的。特派员迷路似的四处遥望，什么也没有，只有这个干净的山坡，还有诱人散步的绿色——是的，这是完美的作品，即使这个完美同时也是令人苦恼的动机的叛徒，显然它是由这个动机引起的。同时，损毁者不满足于任何让步；在自然的和非自然的毁损所导致的复杂局面中，他们不相信任何赤裸裸的表象，不会让偶然或不确定的可能性发生。他们没有达到目标吗？对于这个地方没有怀疑吗？特派员在这次旅行中第一次有了失败的预感，就像在压抑和挣扎的噩梦中醒来后头昏脑胀的那种感觉。

应该抓住什么才能获得证据？如果斗争的所有对象都被剥

夺，那么应该与谁斗争？如果没有任何东西与他作对，那么他反抗的对象又是谁？他做好了战斗的准备，找到的却是空荡荡的战场，不是敌人迫使他放下武器，而是根本就没有敌人……

在耀眼的背景中，有人影在移动；特派员紧张地注意到，人影从右侧向他走来。这个长着鹅脖子的女人是谁？过早衰老的小脸在阳光痛苦的烘烤中就像干瘪的水果，她的胳膊从远处摇得像连枷，以示抗议；灰色的制服和褪色的领带意味着什么？她是管理部门的代表、展览讲解员、侦查员还是墓地守护者？在她身后一动不动地站在山坡断层线上的高高的、沉默的影子是谁？黑色的衣服垂在了脚脖子，脸的周围是飘动的黑色面纱。在蓝色和金色的光中，这个黑色的幽灵让人想起古老的噩梦，在其身后遥远的地方，没有安提戈涅[①]在忒拜的高大柱子，而只有一个烟熏过的、冰冷的烟囱冷酷而清醒的图画吗？

穿制服的女人已经站在了他的面前，她说的话特派员听不懂。在这个令他震惊的时刻，面对出卖与不忠的这个粗野的、赤裸裸的景象，他只明白有人想站到他的面前，为他的工作设置障碍，阻止他接近目标。他被看成是非法闯入者吗？与旅游团走失的游客吗？他对她说了什么，他自己也不知道说的是什

① 安提戈涅是希腊神话中忒拜国王俄狄浦斯的女儿。

么，但他感觉自己的声音在这个地方回荡，他的话语能冲破闸门或者阻止伟大的进程；他看着她的脸告诉她他是干什么的，他用颤抖的声音宣泄出自己所有的愤怒。

这个妇人居然哑了！她从他的眼前离开了！在她的眼中，他可能显得很高大，以至于产生了这样的效果——这是微不足道的补偿，但能有多大用呢？

他开始下坡，沿着斜路往下走，穿过原野。去哪里？什么目的？连他自己都不知道。他的脚步越来越快，飞快地从草地上经过，就像失踪的猎狗在不存在的冲突中小跑，他的方向是想象中的藏宝之地——除了风景、山坡、平原始终如一的温顺和不受攻击的幸灾乐祸的耐心，他什么也没有体验到。他陷入齐膝高的草中，与杂草搏斗，鞋下有卵石的空地上的土壤吱吱作响；花儿的茎因蚂蚱的跳跃而沙沙作响，他前面的蝴蝶在跳着夏天的舞蹈，在那边的森林之上，一只饥肠辘辘的鵟在盘旋，它紧盯着猎物。慢慢地，一种不祥之感浮上特派员的心头。他来错地方了吗？假如应该在这里，但这里却什么都没有的话，那么也许一切预先的假设都错了，所有的证据都是虚假的和抽象的。那么连这个地方都不是真的，只有他固执的想法是真的；那么连他自己也不是真的了，他的使命就是个错误。这个空间、时间、脚下的土地——没有一样是真的。那么，也就没有别的真理可言，只有这个不停地摧毁他一切感官的、不可抗拒的启示：这个宁静、温顺的山坡夏日的祥和；是的，那么，就应该放弃他的使命，接受这个唯一真实和可以抓住的东西，这个火热的夏天令人眩晕的金色光芒，甚至这些在他脚边爬行的蜥蜴，他的脚步干扰了正在快乐地、安宁地晒太阳的它们。

他朝着山丘的方向往回走，他就是从那里来的。接受失败吗？对蜥蜴与昆虫、景色与事物、太阳与天空，甚至自己的感官与毋庸置疑的身体（铅一般重的脚、燃烧的眼睛和糟糕的记性）的所有敌对态度满意吗？是的，已经屈服于这个诱惑的自己，难道不是敌人吗？！……特派员环顾四周，他还有什么可以尝试的呢？那边往上，有黑色的影子，走向远处的队列点缀在绿色之中，是游客吗？也许是他们刚看完一个节目，给他们准备的另一个节目现在开始了？在远处，他看见孤独的像亭子一样的建筑物，队伍正向那边走去，就像顺从的牧群，赶他们去哪里，他们就去哪里，他们无拘无束的闲聊已经惊醒了熟睡的景物。

特派员朝他们走去；他加快脚步，混入他们中间，这被证实是游戏般的简单任务。他进入一个大厅，这是一个展览馆，这里是什么样子的呢？他好像意外地进入一个水族馆，这里有死去的怪物、装了填充物的龙、古代的化石标本；大厅里还在散发着新鲜涂料的味道，一切都被灯光照得通明，被设置了围栏，被放置在玻璃窗的后面。在这个提供了安全的环境中，绝对的井然有序、科学的准备、体贴的抽象是异乎寻常的，假如展品不那么丢脸的话——恐怖小说中的道具仓库，噩梦的样品市场，逝去的时代的没有生命的物品的收藏品，罕见的禁卖品。他看了看，什么也没有认出来。这个巧妙地、非常巧妙地伪装成博物馆展室的垃圾房，能给他或者其他任何人证明什么呢？物品只有通过使用才能变得生动起来，考验它们的有效性只能靠经验；在这里，除了人流和大厅的闷热外，没有别的真相可言——但难道有足够多的人拥进了这里，大厅足够令人窒息吗？在这个被降温的环境中，这么多挑剔的人走动起来是多么的舒适啊！在他们的脸上流露出对一场可预期的探险的适度兴趣，他们来这里是出于草率和无聊，他们边看边点头，有他们喜欢的东西，但也有一些东西，他们看见后便转身离开，然后远远地站着。

这里没有他要找的东西。从这里出去，去太阳底下和一成不变的景色之中。他必须从正在外面等待的人群中穿过去，这是另一个新的团队，他感受到了他们身体的热度，烟草和香水的味道扑鼻而来，闲聊的噪声闯入他的耳朵。他用胳膊肘在他们中间开路，他们震耳欲聋的嘈杂声一直跟随他来到山顶上。

时间还早——来的时候，他认为三个小时对于他的工作来说太少了，后来他只剩下一个半小时，但最后这也被证明是多了——他在任何地方都没看见妻子。他在附近开始轻松地散步，保守着自己秘密的、没有标志的道路以载重动物的沉默和冷漠承载着他，但是它们却不保存对任何重负的记忆。在波浪起伏的土地的一个不急的拐弯处，停泊的车辆摆成环状，那里有什么东西在吸引他的目光吗？那是一栋新建筑物，看得出在这里修建这个建筑物的梦想还是不久以前的事，但梦想很快变为现实。这是客栈吗？为什么不是？特派员没有感到惊讶。客栈的不加掩饰至少是迷人的，无论如何它没有隐瞒自己的服务项目。他迈着舒坦的步伐向它走去；招牌上说有好啤酒、冷饮、冷饭和热饭——无疑这是有用之地，但建立在此基础之上的需求却是那样的残酷，就如同儿童的无辜。

他走了进去，就像在门口附近找座位的客人那样站着，以便仔细观察这个地方。这个地方人很满，桌子都预定了出去，忙碌的侍者穿行于宾客之间，手端着重重的盘子和香槟酒。他的目光停留在一帮嘈杂的人身上——一张桌子的周围坐着的全是男人，他们的面前是吃完的食物的痕迹，斟满的杯子和已经喝光的杯子堆积如山。他们不是游客，这从他们身上一眼就看得出来，或者他们是游客，但却不是随随便便的游客。看得出，他们自由自在地坐在这里，好像对这个地方拥有所有权一样。其间，不知何故，他们还是有点像外人那样局促不安——他认出了他们，怎么能认不出呢？那些人就是他们，是的，他们是陌生的熟人，他们正受到强迫返回的引诱，就像我们总是渴望再次进入折磨人的梦境一样，也许我们的秘密愿望就是将来有一天能理解它们……他们究竟是成功了，还是破产了？他们坐到这里来是为了庆祝，还是为了忘记？听他们讲述一定会是一件有意思的事情。他的目光从一张张脸上掠过，他们应该能感觉出他渴望待在这里，因为——就像深度昏迷中的本能反应——他们突然不出声了，先是盯着这个新客人看，然后又相互面对面；的确，在诱惑力的驱使下，他隐瞒了自己的意图，坐到他们的桌子旁边。

这么做有用吗？要把自己的工作告诉他们，等待失败发生吗？试图与他们分担无法分担之事，让自己相信自己不孤单吗？不，这个办法是留给那些更幸运的人的。他输了，但游戏在进行，他还不能放弃自己的使命。特派员心想：是的，败局还没有结束。

没打招呼他就出了门，径直走向公共汽车站，他的妻子也许已经在那里等着他了。

（5）棕榈园。戴黑面纱的女人

他来得正是时候，他正要和妻子相互问候，公共汽车就出现在了公路的拐弯处；看样子，妇人的问题已经到了嘴边，于是只好咽回去。幸运的是，发动机的咔嗒声——在下坡路段司机显然踩了刹车——压住了其他所有的声音，这样在路上连说话的机会都没有了——再说，他还能说些什么呢？他没有权利给妇人做一个解释；他不能说她目光严肃就不对，他不能让她向他发火；他不能问，她放在大腿上的几枝野花代表什么意思，也许她将把它们作为自己无声的盟友的象征物带回家保存；在他勘察的时候，她去了哪里；是什么让他改变初衷，他被带进什么样的陷阱，他成为何种表象的牺牲品。要对生硬的事实进行具有挑战性的讽刺，唯有对克制进行反抗才能给出蔑视性的答案，他应该保守住秘密，责任——这个折磨人的空洞词汇——需要他独自承担。

如果默默地顺从她，他就会看见妇人为他的利益而服务，可他为什么感觉到的不是感激，而是带有挑衅性的怨恨的冲动？这是没有缘由的问题，只会使他的注意力从工作中移开。

他帮妻子从车上下来；他们又见到了那个广场；路面上的沥青正在熔化，中午的交通繁忙。他们决定去吃午饭；他们饿了。关于方向，他们进行了短暂的沉思——他们都想起了海尔曼指路时说的话，但结果证明，两个人的理解却大相径庭。他们把自己交给了一栋栋小宫殿、梦幻般的广场、修剪过树丛的公园和因日晒而眩晕的柳树林中间敞开的缝隙和道路；他们似乎坚信，他们的愿望最终将帮助他们找到目的地。

他们是不会弄错的：这幢自豪的建筑物的正面，这扇古色古香的旋转门；接待员的衣服上装饰着半严肃、半开玩笑的细绳和肩穗，这是不会骗人的，他鞠躬的样子像是在欢迎同谋，他伸出手臂的样子像是在邀请国王去一个魔幻帝国。他们穿过半明半暗的前厅，脚踩上去软绵绵的地毯让他们有受宠之感，周围的小桌子漆光闪闪，软软的壁布让人陶醉，就像半人半鸟的海妖无声的歌唱，诱惑着能快乐死去的人触礁一样。在餐厅门口，侍者总管迎接他们；穿燕尾服的领班侍者把他们带走，像是突然进入海洋的深处一般，他陪同他们来到一个棕榈园。菜单的制作是行家们狡猾的探索，客气而隐蔽的问题和有魔力的回答是排除一切疑虑的仪式，这之后是毫无保留的、敏捷的服务。这里是雕花玻璃杯、银餐具和名牌瓷器的世界；优雅的微笑、多种语言的低声交谈让人昏昏欲睡；轻微的嘈杂声，弥漫的香味，他们周围烟雾缭绕，不时变换着形状，就像行动迟缓的海洋动物；饮料里有泡沫和气泡，迷人的轻柔气味带着突然的感动温柔地离开闪光的杯子；自己的身体因享受味道的刺激而失去控制，他被卷入盲目花钱的陷阱。特派员忘我地坐在隐隐约约的绿色深处，在醉意中陷入遐想，仿佛吃饱了莲花一样[①]。他的工作在哪里？它究竟还存不存在？

他们放松自己，向后靠去，烟草的香味使他们心中的茫然倍增。现在，这两个胜利地周游全国的被放逐者已经在考虑着如何打发后面的时间了。妇人提议散步；与她昨天的说法相反，她重新要求他兑现与城市相关的承诺；在这个时机适宜的要求中，他要陪同她，用待在一起忘我的享受来弥补这个不完整的、断断续续的一天。在这个犹犹豫豫的时刻，一切信念看起来都是值得怀疑的，但他没有提出任何反对意见。

他们付账单；这个野蛮的交易被程序的私密性、体谅地望着别处以及和解性的微笑给冲淡了。他们又在前厅享受着软绵

---

① 荷马史诗《奥德赛》中的英雄奥德修斯航行经过“食莲人之岛”，受到当地居民的热情款待，士兵们食用了美味的莲花后，立即忘记了忧愁和归程，希望永远留在岛上。奥德修斯遂下令将他们抓回船上，被迫踏上返乡之路。

绵的舒适；妇人带着化妆包去洗手间整理自己，男人则打量着一张诱人的、半圆形的扶手椅。

他的身体催促他坐进扶手椅里，但是什么在阻止他坐进去、打着哈欠伸展四肢呢？在懒洋洋的休息中，让他生气的羞耻感还在心里燃烧吗？或许是因为这个黑衣女人用黑面纱后面神秘的、闪光的眼睛在审视他？她从软绵绵的地毯上无声地朝他走来，转眼间就已经站在他的面前。

她怎么在这里？究竟是她走在了他的前面，还是她在跟踪他？她为什么不说话？

“夫人？”最后他开口说，但连他自己也不知道，他如何找到这个一半是提问、一半是保持距离的古老的问候形式。

“先生？”作为对他的问候的回敬，一个深沉的女人的声音响了起来。黑面纱似乎由于她压抑着笑而摇动。

“您想找我要什么吗？”特派员问道。

“我能对别人有什么要求呢？”女人回答说，“我在山上看见了您。”她随后补充说。

“在山上？”特派员怀疑地问道。

“您赶走了女管理员。您谈到了您的使命。您做了什么？”她的声音是无情的，让特派员不寒而栗。

“您以什么名义要求我汇报？”他问道。他的声音比他想的更洪亮。

“您以什么名义可以沉默?!”女人回敬一句，语气依然生硬。

“我不知道您是谁，夫人。”特派员尴尬地说。

“现在，连我也不知道。”他听到了回答。戴黑面纱的女人的脸动了一下，把头侧向一边。“我的父亲。”女人慢慢地说着，每个单词之间都停顿片刻，“我的弟弟。我的未婚夫。”

“我深表遗憾。”特派员说，“我什么忙也帮不上。”

戴黑面纱的女人再次把脸转向他。

“我的父亲、我的弟弟和我的未婚夫。”女人重复了一遍，好像什么也没听见一样。

“我做了一切能做到的事情。”特派员说，“您不能指控我。”

“您误解了。”女人回答说，“我怎么能指控您呢?没有不能否决的指控，因为它就在这里。”

“很偶然。”特派员说。

“没有偶然。”黑面纱后响起沉闷、颤抖的声音，“只有不公正。”

一阵停顿，他对这一断言没有回答。他拿什么证明它的对立面呢?会出现能提供证据的值得信赖的证人吗?

“我之所以在这里，就是试图补偿这个不公正。”他说。他的声音微弱，可以说仿佛是在辩解。

“补偿？……如何补偿？拿什么补偿？”她问道。突然，特派员找到了话语，仿佛是看见了打印出来的文稿一样：

“那就是，我给我看见的一切作证。”后来，他仿佛在做大声的思考，带点抱怨说，“我没有想到，我的工作会如此艰难。”

“也许是您让它艰难的，您让太多的轻松包围了自己。”她回应道。

“您什么意思？”特派员问道。

“您的妻子在这里干什么？”尽管特派员好像已经估计到了这个问题，但他现在还是被脆弱所征服，就像一个人突然变得无助起来。“他在沉默，我认为至少在这一点上他做得对。”她做出这一判断。她的手伸向面纱，用一个轻轻的动作把面纱掀开。特派员与一张脸面对面——这已经不是一张脸了，而是一张脸黄黄的、干瘪的、僵硬的复制品；只有反射出来的内心痛苦的炽热给了这张面具以生命，现在她带着无声的、不知足的责问和贪婪的要求僵硬地望着他，简直就像一个不共戴天的纪念碑。

特派员恐惧地转身。

“不。”他说，“我做了一切。一切。您的要求不可以超过我的能力。您还想要什么？我的机会也是有限度的……我的力量的大小……我也有自己的权利！”他几乎是喊出来的。

“那您就行使您的权利吧！”他听到了管风琴一样的声音。他转过身来，朝她追去——是要挽留她？还是要安抚她？但是，他在对面看到的已经是妻子的笑容。

“发生了什么事？”妇人问道。

“没什么。”他回答道。他补充说：“我们的计划得修改一下。”他不得不成为她的旁观者，只见一张生动的脸上的容光黯淡了下来，笑容也销声匿迹。

（6）高　峰

至于在往哪里走，他们看也不看。人行道上的人在增多，在越来越密集的人流中，人们摩肩接踵，从对面挤过来的一帮人把他们给分开了，当特派员从他们中间冲出去后，已不见妻子的踪影。后来，他还是瞥见了她，她落在他身后几步远的地方。一家书店的书摆满书箱、旋转书架甚至人行道，而她此刻正站在这些书的中间，手上是一本书皮发旧的书。

“《在陶里斯的伊菲革涅亚》。”她朝着它微笑，现在她俯身把书放回其中的一个书箱。显然，这本书可能是她刚才从那里取出来的。

“伪装成古典主义的空话连篇的、毫无价值的浪漫主义。”特派员做了一个手向下挥的动作。

“我不知道。”他的妻子说，“当我还是学生的时候，不知为什么，我非常喜欢它。今天，我都已经忘了它讲的是什么。”

“忘了更好。”特派员说，“它是有韵律的欺骗和谎言。”

“我的记忆不是这样的。”妇人抗议道，“里面有一个爱情故事……”她想了一会儿。“一个男子放弃了一个他所爱的姑娘。”她说，“为了更高贵的原则。”

“可不是吗？”她的丈夫说，“这样的乡巴佬在以国王为主角的戏剧中总是变得高贵起来。”

“我现在已经想起来了。”妇人的声音生动起来，“她是女牧师，但实际上却是一个半岛上的野蛮人国王的俘虏。”

“在陶里斯。”特派员咕哝道。

“她怎么去了那个地方？”他的妻子望着他。

“是这样的，她的父亲是一个伟大的将领，为了他的船队和有利的海风，他想把心爱的女儿作为牺牲献给女神。然而，女神赦免了身处熊熊烈火之中的姑娘，让她直接去了陶里斯。”

“恐怖故事。”妇人说。

“够让人压抑的。”她的丈夫表示赞同，“在那里，更残酷的命运在等着她。她在野蛮人神庙邪恶的仪式上当祭司，必须割断岛民抓获的男囚犯的喉咙。”

“是的，是的，但我记得，过了一段时间后，她成功地把仪式变得不那么血腥。她说服国王，只需象征性地杀死囚犯，而不必真的杀死。”

“当然。”特派员轻松地说。

“但我喜欢故事的高潮部分。”他的妻子接着说，“她的兄弟来找她，想解救她离开国王并带她回家。一小队人秘密上岸，兄妹相认……如果我没记错的话，这姑娘不想立即和他们一起走，因为她觉得偷偷地离开国王逃走是不恰当的……”

“这是细节问题。”男子耸了一下肩，“要点是，国王获悉了这次侵犯边境事件，他率领一支突击队出现在岸上，让他们在岸上吃了一惊。另外，他们还想偷窃。”

“他们不认为这是偷盗，他们是想把自己的宗教用品、女神像运回它们应该待的地方。”

“根据当地法律，这无论如何都属于偷窃。”男子下了结论。

“好吧！”妇人不再反对，“国王本来有双重的理由报复他们。但在女牧师的理由面前，他慢慢地屈服了，他不仅放弃了报复，也放弃了爱情。他放了他们，甚至还给他们赠送了礼物。”男子沉默不语，她问道，“是这样的吗？”

“无论如何，是人们让我们相信是这样的。”他回答道。这时候，他们周围的人越来越多，他们要躲避别人，别人也在躲避他们，直到街道突然变宽，他们又到了熟悉的广场。在急行的人们和车辆中间，他们的脚不自觉地把他们带向甜食店露台的斜坡方向；在一个舒服的角落里，一张桌子和两把轻轻的扶手椅是空的，如同一个包间，他们坐了下来。这里朝向人行道，在远处，是一个奖杯形状的喷泉在单调地、哗哗哗地喷着水。

“那么，是怎样发生的？”妇人问道。

“以另一种方式。”男子回答道。他点燃香烟，一名戴白色软帽的女服务员走到他们身边，他要了冷饮。

“以什么方式？”妇人再次问道。

“以什么方式？……”看起来，特派员犹豫了片刻，“好吧，既然你这么感兴趣，我就讲给你听。”他说，“总之，突击队员们包围了这些男人，然后冲上去收缴了他们的武器，把他们捆绑起来。然后，当着那些男人的面，突击队员们羞辱了女牧师；再后来，当着女牧师的面，突击队员们把那些男人逐一处死。这之后，他们向国王望去，他还在等待着，直到在女牧师的脸上看到极度的悲惨和冷漠；这时，他仁慈地点了点头，他的突击队员们最后也给她实施了安乐死……哦，还有……晚上他们所有人都去了剧院，他们要看看国王在舞台上如何实施仁慈，而他们则坐在座位上捂嘴大笑。”

他们沉默不语。

“你不公正。”过了一会儿，他的妻子用微弱的、疲倦的声音说。

“肯定是。”特派员回答道，他似乎感到一点耻辱。“我不可能公正。”他补充说，但他是漫不经心地说出这句话的。

现在，他的注意力——其实几分钟以来——被别的东西所吸引。他的目光落在大街上：先是停留在人行道上，然后看遍有四条车道、交叉路口、复杂的障碍物、环形路出口和岛式车站的整个大广场。在他的眼前正在发生什么？暂时，他徒然地寻找着答案。在这个被喧嚣声、嗡嗡声、嘎嘎声、隆隆声和瓦片的闪光所破坏掉的瞬间，对于将要发生的事情，他所能讲出的仅仅是不祥的、但却还是混乱模糊的预感以及自己越来越激动的情绪。至于为什么要往前看，等待他的是什么，他将是什么事情的目击者或者参与者，他不知道。他默默地坐在自己的座位上，手放在桌子上，香烟在手指中间微微颤抖；紧张感在加剧，刚才还只是意识到的忧虑，现在已在他的胸中变成极度的焦虑，他所有的感觉器官都做好了准备，收集印象，接受信号，尽管几乎没有能力去理解这些信号。他在这里能做什么？他环顾四周，他应该能看到所有的一切是如何联合起来对付他，应该能判断出这么多针对他的因素即使是无意地、但却非常准确地纠缠在了一起。即使他想阻止、想排除一个感觉正在发生而且显然带有灾难威胁的进程，或者哪怕只是用清醒的头脑至少把其中的关联搞清楚，看起来都是不可能的。

在他们的包间（在交通漩涡中暂时还算坚固的岛屿）前

正是城市的公共汽车站，车辆可以说是一辆接着一辆进站和出站。打开的车门匆忙地把人流吐出来，又吸进去，就如同大型动物的新陈代谢。往外挤的人面对向上冲的人，他们下车后分散开来，使得街道上人流的膨胀越来越无法控制。人和车不间断地涌动着；广场所有的入口处看起来像是无底的口袋，像是暴风把里面取之不竭的东西刮到了这里；是的，仿佛是严厉的命令和鞭子的抽打把他们赶入这个广场，现在好像来自这座城市——或者也许是全世界？——四面八方的人都聚集到了这里。

一个年轻人进入他的视线；他就站在这里，半个屁股靠在露台的栏杆上，在沸腾的运动的海洋里他是一个不动的点。他严肃的脸上长着好玩的胡子，一绺一绺呈放射状的头发垂到肩上；被美化的、丝绸般的小胡须使他看起来像圣人一样，带毛边的外套显示他追随时尚。现在，他抬起手整理着什么，想让它回归原位。也许，是这个动作吸引了他的注意力；这只长长的、不安分的、紧张的手现在蜷缩着中指，漫不经心地放在胸部休息了一会儿。特派员心里充满异样的感觉，一种关于时间和自己身处何地的不确定感，一种似曾相识的感觉——他在什么地方见过这个动作、这张面孔、这个年轻人，如果不是在现实中，也许是在电影里、照片上，或许油画上。就连他自己也不知道，是什么样的想法产生的结果；他想起了自己说过的话，而且是不到一个小时之前说的话，当时他仿佛是看着打印稿念的；关于这些话语，他想起一个名字，后来又想起一个名字，这是艺术家的名字，他从时间的深处向这边蹒跚而来，他就他所看到的一切不厌其烦地作证……

突然，他焦虑起来，在一连串的动作之后，看起来这名男子要在他眼前消失；不，他就站在刚才待的地方，靠在栏杆上，现在他在看街道，然后把脸转向这边，这是年轻的阿尔布雷希特·丢勒[①]的脸——一张油画在他的眼前变活了，同时还有画家本人，准确地说，是画家本人的自画像，他的上衣领子是皮毛做的。这是幻觉，还是盲目的偶然？这名男子是从哪里蹦出来的？他没有看见他的到来；现在，他站在这里，几乎就挨着他，他是那样的沉稳自信，仿佛在这个漩涡中这个瞭望哨就是他永恒的家。

他究竟能看到什么？从这双不规则的眼睛神秘、忧郁的眼神中是不可能读出来的——这双眼睛毫无疑问已经在窥探，而且用艺术家和小偷固有的忧郁的固执越来越仔细地看着人们。特派员的目光离开他，朝他那什么也没有看但又什么都看见的目光所注视的方向望去。突然间，一切都有了意义，时断时续的

① 阿尔布雷希特·丢勒（Albrecht Dürer，1471 年 5 月 21 日—1528 年 4 月 6 日）出生于匈牙利，德国中世纪末期、文艺复兴时期著名的油画家、版画家、雕塑家及艺术理论家。

情景突然间充满了内涵。他的神态与上午看这座城市时是一样的。

广场变得开阔起来，中间下陷，远处坍塌，上午去过的山丘刚才还只是青色的，现在好像是直接在广场的尽头长了出来。在耀眼刺目的光芒中，天开了；残酷的太阳喷射着火焰和火花，像是要掉下来似的，成百上千的金属物体、铬、玻璃体和瓦屋顶更是推波助澜。在广场的七个角中，是喇叭在唱着汽车的忧伤，还是《末日经》的铜管乐器在响？在那边，对面的喷泉像一只巨大的乳房，经过两只无情的手的挤压，它变成了正在喷发的火山口，呻吟着，尖叫着，无可奈何地抽搐着，吐出浑浊之物。这已经不是广场了，而是烦恼的人世间。露台上有许多人在惊骇之中从座位上站起来，观看这一恐怖景象：在高峰时段的拥堵中，一切都停滞不前，只能在唯一狭窄的、无法形容的圆圈中蠕动。道路与河流相似，当河上的一切都停止并拥堵在一起时，所有的船都漏水，船上的每个人都会为空气和生存拼搏；从一辆敞开的汽车里，两只伸向天空的胳膊从在波涛汹涌的泡沫中颠簸的残骸中高高举起，就像正在下沉的船上的乘客在发出最后的信号。

在这里，在陆地上——人行道上——情况还要悲惨。在震耳的噪音和毒辣的太阳烤晒下，人们陷入混乱，互相撞在一起，绊倒在地，恐惧中用胳膊寻找支撑点。漩涡卷上来又吞下去的是什么样的脸啊！所有的一切都在旋转：胖人、瘦人、痛苦者、抱有希望者、被贴上命运标签的对一切进行猜测者和对自己的出路有信心的狡诈的向前冲者。但是，所有人的渴望都是一样的；他们的年龄、命运、生命、爱好的区别在这里还能意味着什么呢？这是共同的命运，它将所有的生命都聚集到这里，在这场共同的斗争中将它们联合起来；在这个瞬间的共同激情之外，它在这里不容忍其他的东西；它使得关乎他们个人生存的所有准备冒险和逃亡的想法销声匿迹，如同万能的暴君们无情的命令或者伟大的创作者发狂的意愿，因唯一的一个念头而将他们的壁画砸坏，在他们实施统治的明显的混乱中，连最微小的细节也不忘记……

是的，每个人说的或演讲的都是同一件事；每个人要求的只有一个；每个人恳求的是同一件事；这里的每张脸都写着唯一的一句话："从这里出去！"那边的那个年长的秃头的脸上是这么写的，既然他已经没有力气跑了，于是干脆闭上眼睛，把吓得扭曲的脸藏在手里；一位从外表看像是被驱逐的母亲的脸上是这么写的，她——她究竟对何种仁慈抱有希望呢？——努力地在自己孩子的衣服上摸索，想把孩子的身体裸露出来；这个早熟的小孩子的脸上是这么写的，无法理解的恐惧看起来突然使他成熟起来，他咧着嘴大声哭泣，在人行道的边上小便。在这里，谁能顾及自己呢？不只顾及自己的人在哪里？疲倦后放弃；诅咒；或者屈服，干脆接受盲目的命运；耐心地站稳脚跟，几乎是用一种智慧的先见和苦涩的实践，将所有的推搡、踢蹬、打击记录下来；被卷入或卷入，跌跌撞撞或从别人身上踩过去——一切都只服务于漩涡法则。有一些人并没有被共同的巨大热情淹没，正如在那边，一个倒向一边的脖子上有一个看似在游泳的女人的脑袋——张开的嘴、瘦瘦的脸、属于被罚下地狱者的嘴脸，燃烧的头发仿佛尖叫时的样子，在被麻痹的、空空的眼神里，痛苦已经与迷路时那种没头没脑的快感没有区别。

但在那边，正在发生什么？一个女人变换着步伐穿过在她的脚前分开的人群；有一分钟，一切都停顿下来，一切的忙碌都被忘记了——分开的人群也许是向女王表达敬意？来自所有方向的目光都停留在她的身上；这是在拼命的追逐中希望救赎、宽慰但至少是偶然闪现的、短暂的、安慰的目光；这是想将其据为己有的目光，最后这些目光在共同的希望中相遇，即得到这个女人。每个人都转向她的身后；成年男子、老年男子、年轻人和挽着妻子胳膊的丈夫如此，妻子自己也是如此；在欲望、失望、热情、隐藏的愿望和公开要求的夹击中，这个给所有人都施了魔法的“受夹道鞭打者”继续前行，看起来在感情的这个焦点上——不只是男人，女人的眼睛也因嫉妒、惊讶、愤怒或无能为力而迸射出仇恨的火花——她自我感觉良好。她的步伐带着无意识的安全感，好像不知道她在哪里；笑容凝固在她的脸上，但不是针对某个人，而仅仅是独自发笑；她右手高举仅用水果装饰的、当作工艺杯装点起来的漏斗式冰激凌杯，现在她把这只手向他们张开，带着捐赠时的那种疯狂的冲动——也许，她这么做仅仅是为了不让冰激凌滴到她的衣服上。

从近处看，她是美丽的。在她的身后，血红的太阳爆炸般的火焰映照在一栋楼房上层的窗户上，就像巴比伦在燃烧。她与这里常见的人有点不同：她苗条纤细，额头干净，长着深色的眼睛和优雅的鼻子；经过特别裁剪的色彩艳丽的夏装像波浪一样垂到地上，肩膀和前臂没有遮挡；脖子、手腕、手指上戴着项圈、串形装饰物、镯子和戒指；头戴那种小帽子，或者确切地说是头饰，这是意大利——也许是威尼斯的式样？——感兴趣的人可以在最新的时尚杂志上看到。

她是美丽的，是的，但这个女人身上还是有什么不对劲的地方。在容光焕发之中，她的努力带着某种失望；在安全中，她有点像在梦游；在美丽中，她试图隐藏某种放弃、甚至对丑恶低头的表情，这个表情在每个瞬间都有迸发的危险，突然间可能就会占据这张脸。

这个女人究竟是谁呢？女巫？恶魔？他在什么地方见过她的脸吗？在银幕上的特写镜头里、圣像上或者色情杂志的封面上？她是真的败坏，还是相反，她被毁坏？这个女人的秘密谁能解开？这个秘密就在这里，但又不在这里；看起来，它要显现出来，但还是无法抓住；就像她手中的这个冷冻的甜食，如果用热乎乎的嘴去接触它，它就会稀释成糖水——它上面的一切都是虚假的，唯独它的虚假是真实的。是的，一切都是明显的，一切的联系都展现在观者的面前：他们使她堕落，以便可以说她是堕落的；他们使她堕落，以便她可以使他们堕落。这个时候，当她穿过因恭敬和自我鞭打的热情而魂迷魄荡的人群时，她变成了传奇，而这个骗人的胜利变成了她的过错。人们编织她的神话，而她却成了神话的受害者；她以为自己是征服者，尽管她只是轻信的牺牲品；她以为自己是命运，尽管她只是骨头，她玩弄自由，与暴政同眠。

她做完自己的事情，就消失得无影无踪，如同一个幻觉；在她的身后，人们的热情再次爆发，而且比任何时候都更狂野。背包、棍子、雨伞成了互相混战的工具，屠杀中的胜利者和落入尘土的受害者的脸上仇恨在燃烧，追捕、叫喊、朝各个方向追逐，好像在他们上空奔跑的妖怪在不停地朝他们的耳朵吹气，加剧了他们的冲天怒气。在那边，有一个人在横穿马路，他在跑着追赶公共汽车。他迟到了，闪烁的交通灯使他的算计落空。在有四个车道的路面上，四辆小汽车朝他飞驰而去，它们互相超越，横冲直闯。从其中一辆小汽车里——这是辆摇摇欲坠的、漆皮脱落的破车，简直只剩下一个骨架——伸出一个长胡须的老人干瘪的脸，在他僵硬地张开的瞳孔中露出恐惧，他的嘴上是白痴的傻笑；从另一辆小汽车里伸出一个男人的脑袋，他长着像蛇发女般的头发，光光的脸上是极速行驶的冷酷和无法刹住车的痛苦；从第三辆小汽车里只伸出一只高高抬起的手臂，带有威胁性的拳头里只缺一把剑；从第四辆小汽车里伸出另一个长胡须的人的脑袋，在阳光照耀下闪烁着强光的小汽车的鼻子上有奇怪的装饰物：在弓箭紧绷的弦上，一支箭随时准备射出。被追赶者动作慌乱地回转身，他的左手——是禁止？还是恳求？——朝他们举起；然后，他继续跑，身后和身边是这些恶魔，直至冒着黑烟的公共汽车可怕的身躯挡住他们……在那边吗？有人跌倒了吗？人们也许是急着过去帮忙？更多的人跌倒了在他身上，人群中一张张脸因痛苦而扭曲，他们的鼻子急促地呼吸着，张开的嘴朝向天空，一架翘着鹰钩鼻的飞机在震耳欲聋的声音中看样子正准备冲着他们降落，飞机发出“呜呜”的尖叫声；这下面的嘈杂声演变成了沉闷的呼喊声和一致的“哎哟”声，仿佛是对飞机做出的回答：哎哟，哎哟，住在地球上的人真不幸……

这些话语突然来到他的面前，然后又消失了，使得他一下子搞不清楚，这些话语是他读到的，还是听到的？他当然是读到的，但现在感觉就像是听到的似的。他转向妻子，看样子妇人什么也没有发现，轰轰烈烈的最后审判在她的身边进行，而她却安静地坐在自己的位置上。她的脑袋微微地向后仰着，眼睛半睁半闭，向西移动的太阳已经照在了露台上，刚刚开始的黄昏给她披上了温柔的金光；现在，特派员突然意识到，他在看妻子的面容时也受到了另一幅肖像画的启示。无所谓，这根本改变不了现在的真相。特派员心想，这个真相也许仅仅是，妇人看到的并非他所看到的。她在想什么，没什么可怀疑的：她的忘我的微笑像是对太阳的亲密回答，在她的脸上是沐浴者的无忧无虑和风平浪静的大海的郑重承诺。现在，一缕苦涩感突然掠过特派员的心头，似乎是他厌倦了压在他身上的否定的重量。他感激的目光在寻找那个陌生人，是那个人帮他看见的，但不管是在刚才的地方，还是在人群中，他都没有找到那个人。在那边的栏杆之外，一切在盲目地、不可制止地继续进行；每个人都在做自己的事情，而且只做自己的事情；每个人都在做该做的事情，而不必知道做的是什么，他们用习以为常的冷漠和自我欺骗的自杀的热情忍受和经历着每天的恐怖。是的，他的知识是徒然的，他的真话无人和他分享。

他示意要付款，轻轻地触碰妻子的手臂，提醒她如果回程需要海尔曼和他的汽车，现在就该动身了。

（7）恼火。对抗。揭露。放弃

第二天，特派员要去更远的地方勘察。他起得正是时候——妻子还在睡觉，她睡在显眼的地方，以便在他起床时立即发现他。他给她留了一张简短的字条。在旅馆的餐厅里，他吃了一顿丰盛的早餐，半小时后就已经赶往火车站。他要去一个小城市，名字叫 Z 城——是城市还是村庄？没有人能告诉他准确的信息，就连铁路上的人也不得不求助于带有地图的图表，才能给他指路并把票卖给他。坐快车可以抵达这个地区大的铁路枢纽，路程需要五十四分钟，从那里起，就只能坐慢车继续前行，坐到中转站得白白浪费四十分钟——这是令人恼火的事情。这个贡献给了义务的最后一天的每一分钟都必须充分利用，因为明天他就要陪妻子一起去海边；更令人恼火的是，在预期的等候时间过后，他还在徒然地注视着指定的轨道——火车毫无踪影。

在生了十分钟的闷气之后，他抓住了一名铁路工人，这才知道火车晚点了；他恼怒地要求追究责任，但回答只是冷漠的耸肩：“这种事情每天都发生，火车来自远方，去往远方，如果晚点时间不超过四十五分钟，你就乐吧，因为从现在的情况看无论如何要有心理准备。”

最终，火车晚点一小时；在后面的路途上，火车非但没有减少延误，而且可以感觉到它在努力地增加延误——比如在一个破败的乡村小站，他们居然停留了十二分钟半，谁知道火车在等待什么。终于，他抵达目的地，从Z城火车站——火车站从一开始就显得可疑——来到外面，特派员失落地环顾四周：在残酷的烈日之下，那个布满尘土的广场和枯萎、矮小的树木哪里去了？刚才还在眼前的让人想踏上去的公路哪里去了？他看到的是外地修建的那种环形街道，一眼望去，远处看到的也尽是相似的街道。

他返回火车站，想得到解释；值班室里的人费了很大的劲儿才明白他的意思。他解释说，他在找一个工厂，它应该是存在的。玻璃窗后面，显然是一个天真无邪的姑娘，铁路帽下是淡色金发和蜂蜜点心般的小脸蛋：“您现在明白了吗？您的探险在这里结束了。”她的嘴唇是玫瑰色的，有的牙齿经过便宜的黄金填补。她慢慢地已经像是给孩子咀嚼食物的母亲，微笑着耐心地说出同一个单词：“Hüt-hí-é-vé-e-ke？”“Bé-Há-Bé-Á-

Gé[1]。”特派员回答道。“Hüt-hí-é-vé-e-ke？”他一遍又一遍地听到这个单词。

最后，理性之光在一个没有期待的瞬间闪现，他突然明白他们自始至终说的是同一件事，只是概念不同而已。这时，他方知新的火车之旅还在等待着他——姑娘把胳膊从窗户底下的缝隙伸出，手指匆忙地指向外面站台上正要出发的破烂的支线火车。在上气不接下气的奔跑中，他成功地跳上最后一节车厢的阶梯。

他继续颠簸了二十七分钟。最终抵达的这个地方是终点站还是世界的尽头？轨道在光秃秃的田野、被燃烧过的土地中间中断；在太阳的烘烤下，轨道尽头孤零零的防撞栅上的两个铁盘看起来是炽热的；往另一端看，缭绕在远处的浓浓的烟雾的阴影压在平缓的田野上。旅客们——几个农民和工人模样的人——突然无声无息地同时从他身边消失，就像被什么东西吸走了一样；这里只剩下一个摇摇欲坠的小木屋和一个胖胖的铁路女职工，她手里拿着一面红色小旗。

“从这里有回程车吗？”特派员无论如何也要打听清楚。“有。”回答声响起，“支线火车一个半小时后就有。”特派员提

---

① “Hüt-hí-é-vé-e-ke？”“Bé-Há-Bé-Á-Gé”：这个对话既不是匈牙利语，也不是德语，是作者在小说中有意创造的一个语言。

出异议，说时间太少了，他需要更多的时间。铁路女职工看起来在思考，她后来说：“这里有一个工厂。”特派员说，他听说过这个工厂。“午后，有一辆公共汽车从工厂主入口出发。”铁路女职工说。

“什么？”特派员惊讶道，“那里还通公共汽车？”

“为什么不通？”铁路女职工感到吃惊。这趟汽车在时刻安排上正好赶上去Z城的慢车，这趟慢车将把他送回同一个中转站，在那里他又可以换乘快车。特派员看了一眼手表，他本来想把一整天时间都用在工作上，但无情的时间、奔波和遭遇又一次把工作时间只限制在了几个钟头。

但是，应该在那里的，还在吗？特派员环顾四周：不，这个空旷低凹的地方像是在世界的边缘，它几乎不能称为地方；这个很深的乡野之地没什么可怀疑的，从远处只能猜测而不能完全看清的山脉中，他经历了许多艰难险阻才下到这里——就像到了井底一般。阳光几乎是尖叫着把这片悲伤的土地和贫瘠的耕地完全烤干，使之成为不毛之地；南瓜或萝卜一类的东西躺在土块上，不成形的根和膨胀的块茎像是它们的耻辱似的；一条管道在这里终止，其周围是最终产品油腻的黑色液体和被腐蚀的痕迹，土壤已经被毒化——一切都在自己的位置上。这里是公路；那边远处被烟雾所笼罩，威胁人的烟囱、野蛮的冷却塔和做好刺杀准备的起重机直插苍穹，一切的原因及其制造者就在那里——大怪物巴力①；是的，冒泡的、消耗的、吸气的、喷吐的、混合的、分解的、收集和引导的装置应有尽有，像贪得无厌的摩洛赫②一样可怕的工厂就在那里。

没有什么可犹豫的，他动身上路。他没有现成的计划，把一切都寄托给瞬间、偶然，也可以说是灵感。这么做正确吗？特派员走了一小段路后突然停下来。这里曾经有一个岔路口，应该就在这里。一根铁柱从地里伸出，顶部是一个显示方向的蓝牌子，上面写着地名——这是惊人的一致或者只是冷漠？不可能；这应该证明了其先见之明：在这个工业区，一切都以那种吝啬的节约来衡量，要想在上面进行改变几乎不可能，除非破除这个严肃的实用性；缺少改变的雄心，缺少变精明的压力，都不足以构成将井然秩序推翻的危险——从这个角度讲，他可以祝自己走运，毫无疑问，他的期待证明是对的。

他继续前行；在艰苦的行走中，他的目光越来越停留在目

---

① 巴力，古代西亚西北闪米特语通行地区的一个封号，源自迦南人的神明，也是希伯来圣经中所提到的腓尼基人的首要神明。巴力多被描绘成人类或是公牛的外形，在魔法书中则以猫、人、蟾蜍或是其组合的相貌出现。

② 摩洛赫，古腓尼基和迦太基的宗教中的太阳神、火神和战神。祭祀摩洛赫时要用活人作祭品，因此摩洛赫成为残忍、吞噬一切的暴力的化身。

标上，这样大约走了十分钟，突然有声音撞进他的耳朵。毫无疑问，是巨人在说话；声音来自深处，大约来自胃里：三四声粗重的哼哧声，就如同地狱之犬的喘息声。震惊和没有想到的问候使特派员站立了一分钟——也许它认出了他？它是在警告他，还是叫他去它身边？——他赶紧走开——现在无论如何局面得到扭转，怪物无法控制他；相反，它还将为他的目的服务。

但是，如何能迫使它接受自己的控制？立即采取行动的愿望征服了特派员：这条公路、这片土地和这个无能为力的家伙毫无争议地都属于他；它们只等着他的到来；它们是他的意志的奴隶——召之即来，挥之即去；让它们陷入毁灭的难以形容的贫困之中，或者依赖自己的存在让它们生存，从无名的物质中拯救它们，赋予它们生命——这只取决于他的力量和能力。那边有一个大门；不是他想要找的大门，但无所谓——也许，它只是犯了错误，对他的到来没有做好准备，现在他可以深入这个染上黑死病的体内，打开它贪婪的内脏，可以挖掘它的灵魂，在一个突然的瞬间，努力与行动的痛苦会点燃意识的亮光，将毫无疑问的确定之光投向这次无情的会面。

尽管他也许可以就这样进去，特派员——给从身旁经过的一辆汽车让路——却站在公路边上陷入沉思，该不该考虑眼前的现成机会。在大门口，他会不会被立即要求站住？也许他得申请许可证，工业部门有自己独立的管理权限；他得面对困难，展开谈判，与陌生人达成协议，证明自己的身份。不管是遇上良好的意愿，还是复杂的障碍，即使不提为此浪费的时间损失，要不顾一切地把自己交到别人手里，卷入工作程序、等待、无法预测的事情、与自己工作无关的目标与努力的混乱之中吗？

没有别的选择，只能在工厂的外面绕圈。绕圈？哦，这无论如何将证明是吞噬他所有时间的事情，而时间——特派员看了一眼表——已经所剩不多了。然而，不需要把一个整圈走完，工厂不是所有的边都一样重要；最终，他可以对靠近公路的这段墙感到满意。

那就开始吧；时间在飞逝，特派员开始动身。围绕在工厂外边的不是围栏，而是墙；往里面看——除了高耸的塔、烟囱和楼房——是不可能。问题不少：即使不让看，不是也看见了每个角落、迷宫般的道路、轨道、吸烟区的牌子、严厉的警告、有限的许可、深入地下的电缆和绕在空中的管道吗？不说别的，它的气味就出卖了它——这种刺鼻的臭味是某种化学品的味道，充满揭露的力量；沥青和生木板的味道混合在一起的特殊气味显示，这里有冷却塔——这些木板不是用来做内部的柱上楣构的吗？它们被绳子拉向越来越变窄的、危险的高空，而下面令人眩晕的冒着蒸汽的液体正发出汩汩声和沸腾声。用墙壁遮挡是徒劳的；躲进壁垒、硫磺味的锅和无底深渊是徒劳的——在上帝和主人的面前，没有任何东西是可以隐藏的。

毫无疑问，还是有什么事情在烦扰着他；特派员需要时间，才能最终准确地描述这个干扰的种类和性质，才能确定是什么引起的：墙壁后传来繁忙的嘈杂声，东西、物品和搬运它们的看不见的人的忙碌声和噪音。机器的嗡嗡声，车厢与防撞栅撞击的声音；货物倾倒在车厢里的哗啦声，尖锐的叫喊声，管道的响声，将靠近管道的脸庞照亮的炉子的噼啪声，将楼房和实验室变成蜜蜂飞离蜂巢时的忙忙碌碌、来来往往、大地震动、空气颤抖。显然，那里面有人在工作，工作正在进行之中；好像这里没有人似的——特派员摇头。

他在公路上行走了三十四分钟，除了几个毫无疑问的、有用的发现之外，最终也未能取得任何值得称道的成果。在一动不动的烟雾中现身的红太阳高高地挂在天空，酷热开始令人无法忍受；特派员不得不经常擦脸上的汗；有时，一阵阵咳嗽会让他身体震颤，让他产生窒息感。因货物的污渍而有污点和霉斑的结实的载重卡车从他身边呼啸而过，工厂的野兽们如同鬣狗一样把货物拉进去，或者从那里拉走，喊声刺耳，动作迅速。是的，好像他不在这里似的，他们在放松地、无耻地、不受干扰地干着自己的工作。

这段路慢慢地走到了头，墙在那里中断，他拐了一个直角后向新的方向走去。对于这几步，他还能有什么期待呢？特派员不得不承认，他失败了；所有这些毋庸置疑的物证都是徒劳的——用这些物品他无论如何也无法取得任何成果。为什么呢？——他绞尽脑汁。现在，所有应该在这里的都在这里；现在，他从行动地点里应该能感受到行动本身；现在，所有的细节都完美地吻合在一起，是什么在阻止他毫无保留地深入它们的内部？为什么昨天什么也没有发现？当与那些虚假的地点进行斗争，对于其真正的形式与内涵，他只能瞄准其缺陷与思想时，可以说他得到的比今天（今天的一切都是在其原地找到的）多吗？昨天的失败是他的胜利，而今天的胜利也许就是他的失败？他又一次在这个物质世界里环顾四周；昨天在城市里在短暂的胜利之前发生的事情又一次发生，他应该能感觉到他的目光是如何在这些物证上面滑动、减弱和暗淡下来的，他的力量是如何停留在表面的；的确——他被迫承认——对于它们，他不知该做什么。他将继续前行，而它们却留在这里；它们将永远留在这里，坚固而且无法拯救；它们的形状将留在这里，它们的物质和味道将留在这里，它们将不受诘问地留在这里，这些物证将不做任何陈述。

哦，事情就是如此，也许这是新的真理？——他对此不清楚吗？他不知道在某个时代，人们在积累了某些经验之后，会对所有的老生常谈都厌倦吗？当决定这次旅行的时候，他没有预计到吗？他来不就是为了与之斗争，并战胜这个无聊的和令人无法忍受的真理的吗？……如果不是为了这个，那又是为了什么？仅仅是为了确信自己的存在吗？

特派员惊讶地站住了。在这里，在公路的边缘，他突然发现这个真理，就如同流浪者发现掉下来的水果一样；好像是正在发酵的果汁进入他的脑袋，他的脑袋轻微发晕。这就是他要找的吗？他想就自己可疑的生存获得确凿的证据吗？是的——现在，这个事实赤裸裸地摆在他的面前，就像在白日的强光下这片宽广的土地和无边无际的公路一样——他想要的是：面对这些沉默和无助的东西，让自己的存在闪光，宣布自己的优势，庆祝生存的胜利；没有缘由的失望只能从这里产生：发出了节日邀请，却没有收到答复。这些物品在这里沉默着，就像自我封闭的陌生人那样完全陶醉于自我满足，它们将不会去证明他的存在。至于他的存在，他是应该在偶然之中发现，还是应该去自身内部寻找？他是应该接受，还是应该拒绝？这对于这个无情的地方和这些固执的物品来说，现在——如同往常一样——完全无所谓。等待它们的答复是徒然的，它们不拒绝他，但也不接纳他；它们简直就是另类。他与它们永远不可能变成一体，除了决裂，他领悟不到别的：用他来衡量它们，它们是古怪的，而如果用它们来衡量他，他则是多余的。

他犹犹豫豫地继续走着；他没有急着要去的地方，他还能提他的使命吗？对他的委任还有效吗？在这里，在墙的尽头，现在工厂不再把它的边朝向公路，而是转向开阔的原野，不远处是一条像田埂一样的黄色小路。是的，这是一条沙土路。它有点儿窄，应该宽一点儿，再宽一点儿；就是它，这是没有疑问的——这是旅行者的判断。从这条路上过来一个骑自行车的小伙子；他用一个手指头触碰帽檐，以示问候。

“你好！”小伙子边说边吃惊地瞥了他一眼，他可能看出他是外地人。

“你好！”他回答道。他不是真正的外地人吗？

他犹豫地望着沙土田埂，然后把目光再次投向公路。在远处——如果他面朝那边，背后是工厂——在路的左边，应该能找见从耕地中隔出来的一片四方形土地。他的好奇心油然而生；正巧他还有足够的时间；走了十五分钟后，他抵达用木围墙包围的四方形土地。

宽宽的大门敞开着；这里是什么，是某个农场的院子吗？在黏土地上有动物的蹄子印和马车以及农场机械的车轮印；这里，瞧，是个谷仓；那里，后边——能看见土地的远景——没有围墙，只是用圆木和木条搭成一条分界线——牛的围栏；在这个看不见尽头的地方，一两头拴在外面的牲畜发出抱怨似的吼声，就像凄凉的号角声。

一个人走了出来：“嗨，您想要什么？”这是一个中年人，农民模样；要是脖子和臀部没有赘肉的话，他会是一个身材魁梧的小伙子；从他稀疏、灰色的头发上也许还能看得出一绺绺金发飘动的痕迹；他的黏糊糊的双眼突然闪烁出铁蓝色的光芒。现在，这里来了另外一个人，脸是土色的，手里拿一把铁叉。

“先生找人吗？”第一个人问道。

“有我们干的活吗？”拿铁叉的人接上话茬。

“这里不总是看管牛群。”他说。或许他是在提问？无论如何，人们的情绪变得低落起来。

“我哪里知道这里看管过什么？”第一个人说，“也许你能告诉这位先生？”他转向拿铁叉的人。

“我？！”对方生起气来，“如果连你都不知道，我从哪里知道？！”

“我们在这里只是打工者。”第一个人解释说。

“我们看管交给我们的东西。”拿铁叉的人耸了一下肩。

“我们的薪水低，让我们做什么，我们就做什么。”第一个人又说。

“我们是诚实的人！”拿铁叉的人又说。他向前走了一步，第一个人紧跟着他——两个人肩并肩。

“究竟，”他问道，“这位先生在这里究竟想要什么？”

是啊！他到底想要什么？一片寂静，六只眼睛默默地探寻着对方。他环顾四周：院子是空的，除了这两个人外，现场没有别人；在他们的面前，他自己显得可疑起来。谁知道，这里会有什么事情发生在他身上：他们可能会把他扔出去；或者可能会把他扣留在这里；把他捆绑在这里，捆绑在牛的中间，直至把警察叫来。他们将把他捆绑在这里，然后把他忘掉；他可以留在这里，把脚伸进泥泞的土壤里，长出根来；向下伸去，越来越深，直至在土地的深处触到骨架，他可以把脚兄弟般地缠绕在上面；他的脸上宁静得如同化石；他的僵硬如矿物的脊椎使他永远与这些无形的死尸般的永恒的土块面对面，还有这个出现在视线边缘的蓝色山脉以及一动不动的永远遥不可及的希望。

他微微地颤抖着。

“没什么。”他笑了起来。他的手从衣兜里摸索出一盒香烟，把打开口的烟盒递向其他两个人；第一个人犹豫地注视着它。

“美国的！”他的脸上慢慢地浮现出笑容。拿铁叉的人的不情愿看起来更有依据，伙伴用胳膊肘轻轻地磕碰他，这没有逃过旅行者的目光。

“我不需要，但我的好朋友会抽的。”他咧着嘴笑，最后他也把手伸向烟盒。旅行者打听到一些信息，道谢后告别：

“老天保佑！”

“祝你们长寿！”他走出大门时，听到身后传来这句话。

（8）在车站

他失去了很多时间，如果想赶上公共汽车的话，就必须赶快走。在公路上，他气喘吁吁地奔跑着——可以说，甚至连瞥一眼工厂也是不可能的——去主大门，他还需要向左拐。瞧，闪光的车辆周围已经围了多少人啊！一个班次可能刚结束；可能归功于他的胳膊肘的灵活和当地人对外地人明显内外有别的礼貌，他才得以上到车上；然而，在左右摇晃的乘客中间，几乎呼吸不到空气。另外——后来才知道——公共汽车要走远路，比他的目的地即火车站还要远。一路上——在陌生的村庄、风景和街道中间——连他自己也不知道该在哪里下车。于是，他不得不打听；不缺少殷勤，此起彼伏的声音在提醒他车站快到了。

环形街道似曾相识，但这些该诅咒的乡村街道都一个样，向右还是向左？这个戴着深色围巾、穿着低腰男皮鞋艰难地向他蹒跚而来的老妇人也许能告诉他。

“哦，向左，我也是去那个方向，跟我来吧！”老妇人提议说。

“外地人？”走了几步后，她问道。

“是的。”他回答道。

“兴许您是来参观我们这座城市的？”她问道。

“是的。”他回答道。

“Z 城是个漂亮的城市。”老妇人用眼角斜看着他。

“漂亮。”他回答道。“但是，”他补充说，“说实话，我其实是来找那个工厂的。”

“啊，来找工厂。”老妇人高兴起来，“漂亮的工厂。”她抬头望着他。

“漂亮。”外地人承认。这个鸨母般苍老的眼神究竟在意味深长地看着哪里呢？不跟随她的方向是无法原谅的。外地人看见几个修剪过的树丛、一个人工小山丘和上面糟糕的日本花园。

“漂亮的公园。”他匆忙说。她无耻地将赞美据为己有——劳动多，报酬少。他们已经到了目的地。

多么偏僻、荒凉、破败的火车站啊！——他现在刚看清楚。站台上，已经有几个候车的人在徘徊，可能是当地人或郊区人。他们用能把一切看穿的目光凝视着外地人；他们说，火车当然要晚点，但不会晚点很多。哦，在火车到来之前，人是要吃点东西的，但什么也没有，只有一个残疾人在卖报纸——于是，他买了一份。在轨道的边上，他在一张凳子上坐下，无聊地翻看起来；在最后几页中的某页，他的眼睛突然落在一条不起眼的新闻上。他读道：本地区首府中央大旅馆的一个房间内，今天凌晨发现一具女尸。一名女服务员注意到，这个房间整个晚上和凌晨都灯火通明，从门下缝隙漏出来的光说明了这一点。敲门后，无人回应；她立即通知相关部门。门被撬开；房间的承租者——一位孤独的女士——被发现挂在吊灯上。在这位不幸的女士的脖子上缠绕着用自己的面纱拧成的绳子——这是致命的面纱，旅馆工作人员说，在旅馆期间面纱一直罩在她的脸上，在任何人的面前也没有摘下来过。调查还在进行，尽管几乎没有情况显示她不是自杀。

报纸从外地人的手中掉下来；他悄悄地环顾整个站台——后来，他从困惑中缓过神来：怎么回事？！该不会是在寻找被告吧？……他站起身来，然后又坐回凳子。他的手在衣兜里摸索。笔记本和圆珠笔被掏了出来；一分钟后，他突然吃惊地想到，他将会淹没在明天开始的海滨之旅庞大的开销之中。

1975 年，1998 年

笔　录

……

求你宽恕我们的罪过，

如同我们宽恕得罪我们的人。

不要让我们陷于诱惑，

但救我们免于凶恶。

……①

下面的这份笔录将证实“那个”无论如何更官方的但从其他角度讲却完全谈不上更真实的笔录。“那个”笔录在某日某时某地（显然地）已被归档，然而在这里，我们视其细节是可以忽略的。

做这份笔录的目的，并非是我们想去修正事实，对其进行删减或者补充，并非是我们相信事实的重要性，也许还有真相。

---

① 摘自基督教最为人所知的祷词《主祷文》。

我们已经什么也不相信了；只是对于真相和谎言都在装聋作哑，视而不见，而唯独对于忏悔的力量却不是这样的，忏悔使我们自己与孤独为伴，可以说使我们最终醒悟，并将它的可怕的名字一下子变成在我们前面奔跑的绵羊，直到现在我们才恍然大悟，原来我们早就在追逐着这只绵羊了；现在，假如我们一点儿也不放弃的话，也许我们还会追上它的。

一千九百……这是四月的一个美好的日子，一个富有成效的想法跃上我的心头：我可以去维也纳度过几天，比方说两天，但最多三天。

从健康、普遍的创造力和那种持续不断的内心冲动的角度看，谁会对这种偶然换个地点和空气的必要性进行怀疑呢？当我跨过这个国家边界的时候，至少我在心里会立即快乐地大叫起来。首先，我还是纯粹受实际目的的引导。说得简短一点儿，我要前往文化部礼节性地拜访U博士，在把奥地利作家的作品翻译成匈牙利语方面，我所取得的——真的——微不足道的成就在那里引起了一点儿关注，人们对此热情地发表意见；我还要拜访人类学研究所，这个研究所近日刚刚通知我，愿意为我即将面世的维特根斯坦[①]的译作提供维也纳奖学金，然而这

① 维特根斯坦（1889—1951）出生于奥地利，后入英国籍。语言哲学的奠基人，二十世纪最有影响的哲学家之一。

个表达敬意的决定引起了一点儿住宿方面的问题，这最好还是在现场澄清为佳，等等。但我要说的是，使心灵清新的这份愿望——那个在我们所有人心底秘密潜伏的有时几乎是看似自然而然的倾向，即我们要作为私人，干脆作为人来思考我们自己的事情——在我心底漫长的重度昏迷中还从未浮现出来，如果没有个人的自由幻觉暗示的话。这些自由幻觉的源泉毫无疑问首先应该在我自己焦躁的带有罪恶感的（明显是突然的）诉求中去寻找，但看起来，过去这个时期某些官方言论和不负责任的声明毫无疑问地滋养了这些自由幻觉——或虚幻的自由。

于是，在布达佩斯和维也纳之间便有了仓促的电话交谈，与文化部和研究所的女士们和先生们澄清拜访时间，在便宜而且可靠的旅馆预订房间，等等。我的病人看样子现在正陷入危险期，我焦虑地反复思考着能否把他留在这里，哪怕是两天。还有，我要买火车票，甚至座位票。就在那天晚上，我得了流感，发烧，而且牙齿发炎，我的脸肿了起来。夜里，我经历了可怕的一幕。有人敲门，我从门上挖出的圆圆的窥视孔里瞥见一个年轻人，他的样子让我毛骨悚然。我的救世主来找我了，但他的形象与四年多以前他第一次出现在我面前时相比，是多么的不同啊！当时，他直接就在我的床边和床的上空，就像是从天而降一样，穿过墙壁跨到我的面前，看样子墙壁对于他不意味着任何障碍；他蓄着红胡子，窄窄的蓝眼睛看着我，带着能让一切怀疑惭愧的、无法形容的温柔。他的一只手以胆怯但依旧果断的赐福动作批准了我的存在，强调我应该按照现在的生活方式去生活，应该做我现在正在做的事情。他将这个强调作为闪光的真理注射进我的体内，我的心将它活生生的热度保留了很长时间，就是在今天这股暖流有时也会流遍全身。

这个站在门口的年轻人不像他；他看起来像是无家可归者，从我们周围混乱沸腾的城市深处突然蹦了出来：他有病恹恹的酗酒者的外表，脸上长满金黄色的胡子，我不可能对他是何人表示怀疑。他提及与我的病人从前培养起来的关系，既让人生疑，又显得多余和尴尬。但因为我知道，他有时以某种传教士的身份看望他，还把一本《圣经》卖给了他。现在，他也在寻找他。我感觉到，尽管他说的是真话，但却没有一个字是真的；他可能只是在试探，然后根据我的行为确定自己的行为；随着我心里可耻但却更加不可遏制的不信任感加剧，他也同样在发生变化，尽管他的脸和蓝眼睛依旧是那样的温柔，仿佛他对这期间他的手在干什么一无所知。要知道，这只手已经从圆圆的窥视孔里伸了进来；我惊恐地退缩到前厅的深处，然后跑到厨房；然而，这只手就像象鼻或巨蟒一样伸在我的背后，手臂的末端更像是一种旋转工具，而不像手，我到哪里它就跟到哪里，我到哪里它就伸向哪里。我开始大喊救命；我不允许它进入我的房门，现在我发现他已经是要杀我的凶手；我们的关系从无法形容的现世关系变成了追捕者与逃亡者的关系，而后者——我——以难以理解的可笑的方式呼叫警察解救我。最后，我的妻子把我摇醒，但我真的不知道，我这是在梦里还是在现实之中，因为两者的区别是那样的微妙，我感觉我无论如何需要解释。有很多次，我求助于写作，正如现在已经总是如此，正如现在已经不那么频繁，自此我也同时（没有更好的选择）将其作为我的职业。能证实的只有那些显而易见的事情：涉及牙根疼痛的动作，我与自我非常糟糕的关系，一般来说尤其是对自我的厌恶。还有：死的象征——不像在我的美好时期，是作为鼓舞人心的快乐，而是作为令人压抑的、没有希望的威胁。我理解得很清楚，救世主带来的信息是：他遇到了危机，他置之不理，他在准备惩罚甚至屠杀——我，即他自己。我用仓促潦草的笔迹把下面这段话写在了一个笔记本上："因此要注意，要寻求与隐藏在一切事物深处的原始幸福和人建立关系；写作；另一方面要注意我周围的人——要寻求孤独，甚至创造它，但尽可能不去罪恶地清算一切，如同你习惯的那样。"

第二天一大早，电话通知说我的病人死了。他死时我不在场，我自己也得了病躺在床上。这是理由？还是借口？人无论如何都是有点儿过错的。我发着烧下楼去牙科诊所，把牙拔掉。第二天，我去医院，我的病人就是在这里死去的。我与神奇的、魅力非凡的主治医生L进行了交谈。“我动身去死，你们动身去活；但我们俩中间，谁会有更好的命运呢？除了上帝，它隐藏在每个人的面前。”他微笑着引述别人的话。我们交谈了很长时间。之后，我跌入冷漠的、依然有某种清醒作用的、因此最终是慈善性质的行政机构的办公室。我拿到死亡证明书，操办葬礼，但首先是交钱，交钱，交钱。

经过一点儿权衡之后，我还是决定去维也纳旅行。又是一通电话，替自己辩白，取消安排，确定新的时间。我买了新的往返座位票。女售票员说，用不着买，因为一般来说火车有一半座位都是空的。但我愿意无忧无虑地、安全地旅行，不想有任何意外。在这个时刻，多付钱我无所谓，再说这也是我的生活法则。我把这次旅行作为给自己的礼物，我就像自己的热心慈善的、慷慨的朋友那样，用它给我自己一个惊喜。我喜欢旅行，我的确唯独喜欢旅行。我也总是一个好的旅行者和一个糟糕的抵达者，伯恩哈德就是这样说自己的。我喜欢在路途上，而不喜欢在其他任何地方。我的抽屉里藏着四千先令；如果万一来了朋友们，我就可以把他们作为“我的忠实读者”讲给他们听。唔，他们知道，一九八九年也就是两年半之前，我拿着奖学金在维也纳待了一个月；现在，我还要透露给他们的是，那时我以支票和现金的形式兑换了货币或外汇，我哪儿知道是什么东西啊，这是三年的额度。一般来说，我对这些东西没有概念，一看到法律条文，我就会立即睡着；比睡着更甚，因为在这个我注定要生活的国家，法律条文从我出生时起就总是针对我——经常是针对我纯粹的肉体的存在——而孕育。这些条文本质上也许是为了保护我，但实际上也总是被证实为可以用来对付我，因此我没有理由去研究它们。这四千（即4000）先令是一九八九年旅行时留下来的，现在我把它们全部装进兜里。我去维也纳不是为了受苦：在抵达的那天晚上，假如在音乐厅或金色大厅的节目单上发现值得关注的音乐会，我就会去听；假如我来了吃饭的兴致，我就会去吃，等等。

这份笔录中不可遗漏的是，在旅行的前夜，我接到一个友善的电话；从这个词最纯粹和最原始的意义上讲，可爱的打电话者问我是否有兴趣去听威尔第的《安魂曲》，似乎有一张票偶然没有售出。而就在旅行的前夜，我在歌剧院听了威尔第的《安魂曲》，在回家的路上，《主啊，求你从死亡中拯救我》那震撼人心的歌声还在我的脑海回荡；而与此同时，与往常一样，怀疑和感动在我的心中较量。我对任何事情都低头，但直到现在我也不能接受复活的想法。“那么，我就不想死了。”这大概是马拉说的。

然而，我整夜没合眼的原因不是这个，而是旅行狂热，这个儿童时期的神经官能症从我小时候起就追逐着我，一直到我的成熟期，可以说到了过分成熟期，它也总是把我变成儿童；我对它无能为力，尽管我进行顽强抵抗，如同抵抗幼稚病的言行一般。在幼稚病发作的最后，我也有意识地发现自己说了不该说的话。但我说过，我对它无能为力，那么幼稚病的那些隐藏起来的毒素在哪里呢？这些毒素毫无察觉地在我的体内穿行，就像酒精或某种不可或缺的毒品一样，控制了我的整个肌体组织。

我让妻子四点半叫醒我，但四点钟的时候我就已经站在了地上。我厌恶早起，但既然必须早起，那我就会起得更早。我可怜的妻子因没睡够觉，摇摇晃晃地给我准备早餐和路上要吃的三明治、橙子和巧克力。我抵达东火车站的时候，感觉就像突然到了恰逢某一印度节日的恒河岸边。乞丐们的脚污秽不堪，卖旧货的人大喊大叫，酒鬼的眼神狡黠地游移不定。我从他们中间向前奔跑，用手保护自己，压紧挎在肩上的背包，我不敢停步，不给任何人任何东西，不向任何人买任何东西，我对人没有信任感，我的心中没有爱。我的心中没有爱。我找到了我的火车，找到了我的车厢，找到了我的座位，它就在窗边。我大体上是安全的。车上烧着暖气。车门自动关闭。我旁边的座位是空的。旁边没人坐，我很高兴，我的心里没有爱。我取出报纸。日报的日常新闻让我厌恶，里面的社论倒是有点儿道德坚守，但这只能加剧形势的恶化。在不道德的世界里，做有道德的人也是不道德的。解决办法是什么？我不知道。我以我的灵魂和尊严发誓，卡佳[1]，我不知道。我把日报叠起来，塞进我前面座椅背后的网兜里。我取出《2000》[2]，扫了一眼目录，感觉这份刊物中最吸引我的将是达利日记。《一个天才的日记》——不，一点儿也不夸张，我赞同这个标题，尽管也许有点儿高调；只读开头的几句，天才、童心未泯、炫耀的这个特殊的混合体就让我五体投地。在屏息阅读的过程中，我只能通过文字中偶然出现的空洞的谎言给我留下的缝隙呼吸到一点儿空气。我迅速而又苦涩地联想起我自己的日记。我取了什么标题呢？《船夫日记》。抛开所有的头衔和在聪明程度上的区别，天才在这里最多只可能感觉到自己是罪犯；在东欧所在的这个半球，除了反天才的人、几个大肆杀戮者和篡权者之外，谁的脑子里会把自己想成天才呢！

令人反胃的气味从封闭的窗户钻进来，就像是用气体对文

---

① 卡佳，女孩名，小说中的故事讲述者的讲述对象。

② 《2000》是匈牙利的一份文学和社会月刊，创办于一九八九年。

字中的低俗部分进行说明。我从杂志里抬起头，陶陶巴尼奥[①]到了。衰败的、损毁的、荒凉的、最后的审判般的景色，坚固的水泥烟囱，管道，斜插天空的架子，就像用笔把一段文字或一段生命划去的坚硬的线条，各种公然的利用，野蛮的实用性，合理性，丑陋，沙漠化，这些就是我对达利的回答，没有风景的风景画，已经不可怕，只有不快乐，就像真理一样。我的护照很早以前就检查过了，现在车厢里穿灰制服的人多了起来。其中一个人走到我的身边，他是一个动作敏捷的肤色发黑的人。他说："匈牙利海关。"他要看我的护照，声音轻柔而谦和，好像他对自己没有赋予任何意义。然而，当我再次站起身来，从挂在衣钩上的皮马甲内兜里再次掏出护照的时候，我脑海里忽然闪过一个想法：这个人心里没有爱。这完全无法解释，也没有理由，如同出太阳一样。也许，这还是达利日记的影响，是我那颗突然变得不设防的、敏感的、自恋的、渴望永恒之爱的儿童和艺术家的心灵的感觉。这个人眼看着就完成了自己的工作，他将我的护照合上，马上就要归还我；然而，他却用刚才的那种轻柔的声音问我带多少货币（或外汇：两者之间的区别可能我永远也搞不清楚）"出去"。他语速很快，也许只有我，就

① 陶陶巴尼奥是匈牙利首都布达佩斯西北五十五公里处的一座城市。

现在来说，是我的受过萨尔瓦多·达利艺术熏陶的听觉感觉出他的语气中包含着某种阴险。一千先令，我毫不犹豫地告诉他，谁知道这是为什么。这个人以非常惊讶的方式做出反应："多了，多了，多了。"他悄声一连说了三遍，好像是对自己说的（如同以前戏剧的舞台指示所要求的）。我大吃一惊：为什么多了？他回答说，之所以多了，是因为"超过了"什么规定，我在仓促中没有准确理解其含义。他要我把那一千先令出示给他看。一种安全感开始在我全身弥漫，至少在这一点上，我从我丰富的人生经历中了解得非常清楚：在一定意义上，我离开了眼前的事发现场，仿佛这不是发生在我身上的事情。这种感觉中隐藏着安静，充满了奉献。这是一种意愿，人会随之欣然走向厄运，对时间、下一个细节和琐碎的步骤总是无条件地信任，其间暗中知道——也许不在乎——结局是不可避免的。我们的洞察力还剩余了一点儿，它使得我们这个时候不必去现场。我们非常明白无误地察觉到，我们变成了某种机械式的白痴的组成部分，它——我们相信——对我们、对我们这些最自我的生灵来说是完全陌生的，而且总让我们觉得有点儿难受，就如同观看一场糟糕的滑稽杂耍时免不了会笑起来，这个自动的机制我们也完全没有能力去控制。

于是，我又把手伸进里面的衣兜；我的手并没颤抖，只是有些犹豫，我用了一个不在状态但又不得不出场的魔术师的动作，从四张折叠起来的钞票中抽出一张一千先令。他的下一个问题是，我身上带了多少匈牙利货币。我回答说七百福林。他让我出示给他看。我就出示给他看。我们来数数，没错。现在，他那轻柔但却十分果断的声音响了起来。他让我把衣兜里的东西都掏出来。我就掏了出来，其中有纸巾、有轨电车月票、折叠刀和烤点心。远远的旁观者不停地摇头，脸上带着不解但又宽容的笑容。在这个时刻，我更像是他，而不是这个正在自己兜里摸索的卓别林式的人物。我必须给这个人看我的衣兜，而且是用食指，显然我把衣兜完全给忘了。我对他的直觉应该感到吃惊，然而我现在对什么都不吃惊。后来，我之所以没有这么做，是因为我意识到他的眼睛虽小，但至少在一件事情上是不会犯错误的：这是一双保留了数千年经验和狡猾的海关财务人员的眼睛。要知道，古埃及人、波斯人、印加人或伊特鲁里亚人就想出海关检查的办法。这双眼睛早就发觉并记录下了我的手刚才的犹豫。可以说，我是带着儿童的好奇心将手伸进他想要看的衣兜里的；瞧瞧，我掏出了什么：三千先令。我真的很震惊。海关人员立即予以没收。他对我说：没收。他说，因为我“申报”的是一千先令，但在我身上发现四千先令。这是事实。事实就是事实。但是，我还没完全搞明白，我除了说谎以外还有什么罪过。毕竟，他在我身上找到的是我自己的钱，不是别人的钱，更不是偷来的钱。海关人员说没错，但我应该申请“出境携带许可证”。我真的很震惊，我不知道这回事，没有人告诉我。我一直在听说，一切都自由化了，与国有化时期不同，人们可以自由地在银行存款和取款，就连护照也不需要每次出境都去办理特殊的手续；我没有想到我自己的钱——真的钱，西方的钱——仍然是国家的。这个人说不会有事的，但却要将三千先令连同我的护照一起拿走。

魔法在这个时刻结束，我突然清醒过来。我用果断的声音请求他别这么做。我说，我十二点在维也纳要与文化部的一位先生见面，下午另一个机构的人在等着我，我已经在一家旅馆预订了房间，我不能空着手去维也纳。我不知道需要“出境携带许可证”。他们不可以让我陷入这样的境地。“好吧，凯尔泰斯先生，请坐，现在没时间，我在工作，过一会儿我回来。”海关人员说道。然后，他就带着我的钱和护照离开了。

我坐下来。除了有点儿气愤之外，我心里没有任何感觉。半晌，我才回过神来，假如要细想的话，实际上他们是公开地羞辱了我。对于这一想法，我没有特别激动，仿佛对于此类事情已经有点儿在行了。我迅速环视车厢：一位孤独的妇人坐在与我平行的双人座上，把头埋在报纸里，两边座位之间宽宽的过道将我们分开；坐在远处的人也许什么也没有察觉，因为整个事情持续的时间不可能超过两分钟。除了我和这位海关人员之外，没有人能知道我们之间发生了什么。就连这位海关人员的同事也在远处忙着检查别的旅客。

我身上将会发生什么事呢？“他们会以法国人民的名义在公共场合砍掉我的脑袋吗？”在我们抵达奥地利边界之前，他们显然应该把我的护照归还我。三千先令的损失我必须忍受。我不能说，一想到这里我就有要哭的感觉。事实是，我对金钱不是过分地看重。如果从一个角度看这是缺陷的话，那么在此时我就拥有了优势。我在维也纳有朋友，他们会非常乐意地为我排忧解难，如果需要的话。

但是，我为什么只申报了一千先令（根据迹象，这与我申报四千先令是同样的罪过）？我不知道。我绞尽脑汁想了好长时间，依然没有找到答案。我不知道。这个海关人员没有爱心，但这不可能成为其理由，而对旅客有爱心的海关人员又在哪里呢？他说，为什么，他为什么要对躺在地上的人射击呢？我为什么没有立即申报四千先令呢？我不知道。我从内心深处审视自己。我断言，在自我批评方面我是有一点儿实践的。我依然不知道。我以自己的灵魂和尊严发誓，卡佳，我不知道。

我取出报纸，继续看达利迷人的日记。我试图理解大便与黄金的紧密联系，不仅是达利，我听说心理分析学家也认为两者之间有紧密联系。我的确不明白，尽管我绞尽脑汁。另一方面，我在感情上有点儿同情用我的理性所无法理解的一个想法：这样的联系肯定是存在的。谁看清楚了这个联系，即大便与黄金之间的紧密关系，不仅理解而且欢呼着大喊“是”，谁就比达利还要富有。另一方面，很明显的是，这种思维的明晰性完全独立于天才，如果不是与之截然相反的话。现在，我真的感到好奇的是，在达利的画作中，哪些作品的灵感来自一尘不染的、纯洁的天才，哪些作品的灵感来自肮脏的、贪婪的、渴望金钱的钱袋。事实是，不管他把自己的人生描绘成是多么无拘无束的胜利大游行，他的人生也绝不可能是晴空万里，这是我的沉思所得。

我已经过了科马罗姆①和杰尔②，时间在飞驰，可我的护照在哪里呢？我开始紧张起来，尽管不像有关的人或者也许是有关的人们显然预计的那样紧张。终于，和我打交道的那个人出现了。他比以前焦急，面色看起来是严肃的。他要走了我剩余的一千先令，但却没有归还我的护照，而是通知我必须在海杰

---

① 科马罗姆，匈牙利北部城市。

② 杰尔，匈牙利西北部城市。

什豪洛姆[①]下车。听到我笨拙的抗议，他表现出吃惊的神情。他不感兴趣。他直截了当地说，我“申报了”一千先令但却在我身上找到四千先令。他表示遗憾。他告诉我，火车到海杰什豪洛姆后我们在最后一节车厢见面。这看起来已经是命令了。他说完就消失了。

我在座位上瘫坐了一会儿。准确的表达：就像脑袋遭到猛击。后来，我一下子跳了起来。我只感到我的心中燃烧着愤怒和人生、侵犯所哺育的火苗。我从行李架上取下背包，大踏步穿过整个火车，向最后一节车厢走去。最后一个隔间的玻璃门关着，里面坐着几个穿灰制服的人。他们看上去是快乐的。我立即就瞥见和我打交道的那个人。我先是咚咚地敲门，然后把门打开。他们停止说话，看我的眼神充满不加掩饰的厌恶感。我那颗敏感的心真的难受起来。如同正在实习的艺人，我更喜欢的是掌声，而不是仇恨。但我亲爱的上帝啊，我现在演的是一个坏角色。我的弱点还有，在厌恶我的环境里，我无法冷静地、有条不紊地表达自己的观点。另外，因为气愤，我的声音不仅没有大起来，反而有时出现哽咽。我又一次语无伦次地讲起我在维也纳的义务，那个人又一次说他对此不感兴趣。我要

① 海杰什豪洛姆，匈牙利西北部与奥地利接壤的边陲小镇。

求他归还我的护照和一千先令，提议将那三千先令存起来，因为——正如我预先买好的座位票也能证明——我将乘坐明晚的火车返回，那时我们可以解决这件事。那个人笑着（即使现在不是友善地）说，那三千先令我无论如何也必须提议存起来，因为他们连同另外一千先令和我的护照一起没收了。他重复了一遍无聊的事实，即在我所申报的和他在我身上找到的数额之间有多么大的区别。我没有更好的主意，只能祝他走运了：他成功地拿走了我的四千先令，而我们知道得很清楚，比我更聪明的人是怎样把巨款走私出境的。这个人说，如果我获悉这样的事情发生，我可以举报，否则暂不要诬陷别人，因为在我身上找到的钱比“申报的”数额多出三千。毫无疑问，他的回答是有道理的。我感觉我把杯子里的水全倒光了，一滴也没给我自己留。我摔门而去，在最后一节车厢最后面的上下车门口，我越来越急切地盼望着赶快抵达海杰什豪洛姆。

海杰什豪洛姆！几十年来的象征：“靠此记号，你将得胜”①——向外走；向里走，它是“你从这里跨入，请放弃一切

① 此处原文为拉丁文：in hoc signo vinces，意为“靠此记号，你将得胜”。传说，罗马皇帝君士坦丁于帝位争夺的决战前夕，在罗马城外米里维桥看见天空有一个十字架，上写“靠此记号，你将得胜”几个字。翌日，他即携带一面织上十字架记号的军旗上阵，结果大获全胜。

希望！”“劳动是诚实和荣耀之事”“劳动解放”一类全球性标语的标志。但是，它是现实，是一个地方，是一个火车站。我跟在穿灰色制服的人后面厌倦地漫步走着。我必须在一个粉刷成白色的、简陋的大厅里等待，大厅里面乱糟糟地摆放着一些我不知道用途的护栏。我不是一个人，还有另外一个人和我一起被赶下火车。他是一个大块头的、看不出年龄的男子。在皮带和上缩的毛衣之间，他肚子上的肥肉忧伤地耷拉在裤子上。他穿着灰色的衬衫、灰色的夹克和灰色的裤子，长着一张胖胖的无法让人记住的脸。他的眼镜上有雾气，镜片后什么也看不见，更不用说他的目光了。在做所谓的笔录时，我听见他说他的职业是什么“科长”。他喘着粗气，叹息，清嗓子，我看见他的眼镜片闪着光，他想和我套近乎。没有用，我对他置之不理。我并不把他看成是我的难友，也不想和他分担我的命运，他的故事我不感兴趣。我突然感到歉疚。我没有爱心。除此之外，我看见当他在应该签署的文件上谦卑地签字时，他做出艰难的思索状。他们把他叫了出去，过了一会儿他又返回来。他没有关门。在这个没有暖气的地方，过堂风吹打在我的脖子和脚踝的周围，巨大的汽油味飘了进来。在外面，一列火车在转轨。我请求他把门关上。他关上了，但不是用门把手关的，过堂风又一次立刻把门吹开。我的脚正好可以够着门，于是我朝门使劲踢了一脚。我承认，这是无礼的，但我在我的周围没有体验到太多的礼貌。我看见科长先生在生气。我的粗野也许对他产生了不好的影响，但他很快就为自己划清界限：“事情既然已经发生，现在就不必紧张了。”语气中带着责备。我回答说，我一点儿也不紧张，然而惩罚中不应包括坐在过堂风里闻火车头臭烘烘的汽油味。

我重新沉浸在达利的日记里。他与尼采的联系让我激动不已。我早就发现：西班牙人对日耳曼人敏感。奥特加①也是尼采的学生，乌纳穆诺②则可直接赢得尼采最无聊的学生称号。“尼采是一个懦弱的人，他在无法生存时最终发疯，而在这个世界上只有一件事情是真正重要的：做一个正常的人！”达利的这句话让我深感愤怒。难道这个人不知道尼采的发疯是他最诚实和最始终如一的举动吗？假如尼采像他达利那样“正常”即清醒且精于算计，那么肮脏如粪土的金钱就永远也不会如此大量地流入他张开的钱袋？因为得有人为了道德把自己捆绑在十字架上，这样别人才能以如此高的价钱出售……

但是，我不能沉思下去，有人在叫我。“现在，他急忙跳起

① 奥特加（1883—1955）是二十世纪西班牙最伟大的思想家之一，其哲学思想主要是存在主义、历史哲学和对西班牙民族性的批判。

② 乌纳穆诺（1864—1936）是西班牙哲学家和作家。

来站在地上，跟着海关人员去办公室。”那里坐着的全是穿灰制服的人。“其中一个人在抽烟，另一个人在翻阅某种文件，第三个人在打量着他——克韦尔眼前一片模糊，他们合并成了一个人，最后他看到的他们是一个长着三只脑袋六只手的机器。”这是我在小说《惨败》中写下的有预见性的一段话。现在，海关的负责人把纸放在我的面前，让我阅读并签字。这是什么？他说，笔录。我开始阅读。第一个句子——几乎占去三行——就让我的呼气停止了。在这个时刻，我恍然大悟，并且为此着迷。在这个时刻，我终于什么都明白了。在这个时刻，我终于准确地知道我发生了什么事。我几乎要大喊："我明白了！"一切，一切，/我明白了一切，/我已经看清了一切！/我听见你的乌鸦的翅膀声……①是的，这三行所包含的实质内容是：一九九一年四月十六日，等等，他，海关当局的人把有关货币和外汇规定、可携带出境的数额上限以及超过上限需要许可证等介绍给我，他命令我交出钱，等等。现在，这个人对我什么也没有介绍。他命令我倒是真的，但他却不是以正确与合法的形式，而是以突然盘问的形式命令我的。这样，问题就已经决定了，某种机制开始启动。至少五十年以来，我的国家进入了针对文化

① 摘自瓦格纳的歌剧《诸神的黄昏》。

界但主要是针对自己的战争，自此在这个国家——我们说，三年的中断除外——每部法律都是非法的。在听到这个海关人员预设我为罪犯的卑鄙问题后，我的耳朵里仿佛听见皮靴的咔咔声、运动歌曲的聒噪声和凌晨门铃的尖叫声，而我的眼前是高高的监狱铁窗和铁丝网。回答这个问题的人不是我，而是数十年来被折磨的、被驯化的，意识、人格和神经系统受伤的公民，假设现在所受的并非致命伤——但更应该是个囚犯，而不是公民。即使在现在，即使在这里，即使在这个瞬间，也让我感到震惊和心烦意乱的是自我哀怜和一种认识——我就这样度过了自己的一生，这个不公正的、杀人的人生如此深深地把邪恶的印记刻入我的本能。这个人——我假设：他自己也不知道——只是用自己的行为和举止早就预先强迫别人撒谎。“判决不是突然来的，程序自己慢慢地变成了判决。”（弗朗茨·卡夫卡的《审判》）我几乎感到遗憾的是，我不能让这个海关人员分享我所获得的启示，我不能与他分享我们显然的真相。毕竟，他也是人，他也有自己的本能。岁月在他的本能里刻入的是与我一样的东西，只不过用的是相反的标志。但是，由于我们的关系是那样的——委婉地说是正式的，即百分之百的疏远的——这一点我永远也不能解释给他听，即使在那时也不能，即使他能偶然理解我所怀疑的事情。

于是，我说，这种形式的笔录我不签字。为什么？因为它不符合实际情况，即在命令我交出钱之前应向我介绍法律。但是，他说，他向我介绍了。我说，好吧，我签字，如果可以补充几句自己的评语的话。我有什么评语？那就是，在命令我之前，没有给我任何机会让我权衡、思考，以便让我清醒的理智战胜我的第一感觉。回答声响起来：笔录要么就这样签字，要么就不签字。我说，那就不签字。我轻微地尽管是紧张地耸了耸肩。现在，一个长着金色唇髭的海关低级官员说了下面的话："我是证人，当你警告他的时候，我在现场。"他的话没有让我吃惊，但我现在已经是在与强烈的恶心感作斗争。我匆忙说，从古代的官司到最现代的官司，证人一直存在。当我拿回我的护照和被没收的四千先令的收据时，我说，很难让人相信这个国家是自由的。然而，我为这句话后悔，我说出了一句那样的话，它从本体论和语义上讲，甚至在最狭义的实用常识方面，都是同样的没有意义。我关心的更多的可以说是一种满足感，即所有在这里曾经发生和正在发生的事情，都是我的最自我的想象的产物，都是根据我的最自我的想象法则而曾经发生和正在发生的。我又一次要提到我唯一的"忠实读者"——也许就是我自己：在我的预言性小说中，这个情节几乎可以逐字逐句地读到。同样的行为，同样的程序，同样的令人讨厌的执法方式，而与此同时，对我从头到脚进行抢劫，然后是侮辱并用模糊的威胁玷污我，最后把我扔到荒山野岭。如同特别的、我在小说中的另一个自己科维什，我也是启程去一个更广阔的世界，结果却到了一个遥远的、肮脏的边境火车站。在这里，我就是在家里，在这个贫穷、不幸而又致命的家里。我们可以看见，人生在模仿艺术，但它只能模仿那种模仿人生亦即法律的艺术。一切为我、因我而发生，这不是偶然的，假如我走完我的路，我就能最终理解我的人生。

我走了出去，外面阳光灿烂。我有了给家里打电话的想法。一方面，我走出了这个不友善的、不温暖的、寒冷的地方，终于可以再次听见充满爱意的人的声音；另一方面，我将告诉家人，尽管有计划好的日程，但还是在家里吃午饭。我没有找到电话。我去了候车室和售票厅，都没有电话。小吃店的气味和外表是无法描写的，一位个头矮小、面色酡红、因醉酒而心满意足的老先生从里面踉踉跄跄地走出来。我问他哪里有电话，他说不知道。他离开时情绪高昂，反戴着帽子，他的眼睛是红红的，神情是得意的。在小吃店里工作的女人建议我走出车站，穿过铁道口的栏杆后向右拐（或者向左拐，我记不起来了），然后我会看见三百米外的一栋黄楼，那是邮局，那里肯定有电话。我走出车站，望着满是灰尘的道路、尘土飞扬的天空、布满灰尘的房子和我面前空旷的三百米，我明白了我将不会去打电话。我返回售票厅，想看看如何以最快的方式抵达布达佩斯。我问售票员，我在列车时刻表上看到的十点五十一分的快车是否存在。她说存在，但那是国际列车。我回答说，这就好。我没有问就做出判断，我买的去维也纳的往返票，坐这趟车是有效的。女售票员回答说是的，但她刚才提到这是国际列车。“这是什么意思？”我心中突然产生了怀疑。“意思就是说，禁止坐这趟车。”她的解释声响起。我提到，我花了两千五百福林买了国际列车的票，前半段没有完全使用，而后半段还根本没有使用。我发现，我的理由没有产生太大影响。我发现，下一趟列车是慢车，下午出发，需要好几个小时才能摇晃到布达佩斯。最后，我从女售票员那里得到一条好建议，她让我找海关人员申请许可，用我的有效票乘坐我购买车票的那列火车。

于是，我返回海关办公室。每个人都乐意提供帮助。和我打交道的那个人问，我还是没有去维也纳吗？我不懂他的问题，但我没有心情和他开玩笑和套近乎。我问他是否同意我用有效的车票登上国际快车。他说，就他本人来说没有任何反对意见，但他的同意还远远不够，我还必须向边防军申请许可证。我看见了几个游荡的士兵，其中一个人的脖子上用白带子挂着一个很小的床头架[①]。我表达了我的请求。他们面无表情地听着。慢慢地我变得失去了安全感，我有了一种感觉：也许，我可以给他们讲日语，或者一种我自己但主要是他们不熟悉的语言。最后，有一个人说，必须等指挥官来了再说。足足一刻钟过后，我看见一名军官在几名低级别的穿制服者的陪同下在铁道边上缓慢行走，他瘦瘦的，年龄有些大，戴着眼镜，满脸行政人员的表情。我向他打招呼，表达了我的请求。我感觉到失望开始在我身上显现出来。但看起来这名军官理解我说的话。“您是从去维也纳的火车上下来的吗？”他以外交口吻问道，但语气严肃。是的，我不得不下来。他说，好吧，他批准了。他用看东西的那种轻蔑眼神把我从头到脚迅速打量了一番，然后继续前行。尽管如此，我还是强烈地感觉到，这个军官有爱心。在监狱、军营等诸如此类的地方，总是会出现一个个军官或士官，他们给了你对人生的信念。我们信任这样的军官，假如是由他来传讯的话，我们是不会撒谎的。我们强烈渴望他的出现，并将此作为一种快乐，即使是他向我们开枪，我们也知道这并非出自他的本意，而是因为他别无选择。

火车来了。我登上车。在二等车厢的一个不吸烟的隔间，

---

① 过去匈牙利海关人员的脖子上挂一个像床头架一样的小东西，在上面为护照盖章。

我说了声对不起。这里面坐着一位先生和一位女士，看样子他们不是一对，他们不会说匈牙利语。在这个时刻，我感觉这无论如何是一个令人欣慰的环境。检票员来了。他告诉我，我的票还需要加钱。“多少？”我非常谦恭地、非常有礼貌地问道。他开始解释说，之所以要这样是因为……我非常谦恭地、非常有礼貌地打断他的话，说我没问为什么，我是问要加多少钱，因为也许我身上钱不够。他回答说五百四十福林。我的心放了下来。我付了钱。检票员还是做了一通解释，他这么做是没用的，但我还是非常谦恭地、非常有礼貌地把他的话听完。但是，我没听明白，也不感兴趣。最主要的是，我不需要再次下车。

火车平稳地、几乎是无声地在行进。很安静。那位先生在小憩，那位女士在读书。我从封面上看到，这是一本英文小说。我一动不动地坐着。我的目光随着火车，在苍穹之下单调的风景上方移动。我在往外看，可我没看见也不想看见任何东西。我慢慢地，完全是慢慢地被耻辱感包围。它从我的脚趾出发，穿过胃贲门，涌向喉咙和大脑。我知道得很清楚，现在和未来的几日、几个星期，也许是几个月，我不得不面对抑郁症的困扰。为什么我认为我可以去维也纳旅行？为什么我认为我可以做与迄今所做的不一样的事情？迄今，我隐瞒了我的思想、才能和真正的天性，作为囚犯而活着，因为我知道得很清楚，在这里，在我生活的地方，唯独作为囚犯我才可以自由。我知道得很清楚，这个自由只能是囚犯的自由，或者说是幻觉；但至少——我相信——这是真诚的幻觉，比起我作为囚犯在自由的幻觉里生活更真诚。我对这个生活的危险之处看得很清楚：囚犯的生活最终把我变成囚犯，迫使我沦为本世纪文化水平之下的人，限制我的视野，粉碎我的才能。但我还是想这样活着，我的信念是：这也是人生，是某人——也许正巧是我——应该用言辞表达的人生。那么，我为什么要逃避，或者至少是去度假呢？我为什么相信，我可以改变这个人生？很久以前，我就那样看待和对待这个人生，好像它不是我的人生，而是作为严格的任务而得到的调研课题，与它对立的是，我还保留着唯一的特权——自由，如果更愿意用这个词语的话。如果我已经对它到了十分厌倦的地步，那么用两盒安眠药和半瓶劣质的阿尔巴尼亚白兰地就可以结束……

在这一点上，我恍然大悟。我们又到了陶陶巴尼奥。这期间，我也走完了我的路：哦，我理解了我的人生。就像握着剑那样，我现在也一直贪婪地紧攥着我所遭受的侵犯——因为我不可能干别的，我把刀刃对准我自己；但力量和苦涩的快乐（现在我的思绪好像正用它们抽打着我）以其真诚的野蛮几乎让我受到惊吓。一切，一切，/我明白了一切，/我已经看清了一切！/我听见你的乌鸦的翅膀声……是的，已经忍无可忍，更多的伤害——看起来——我已经不可能再承受了。六十年变化多端但又单调的独裁政权以及它们在今天没有名称的残余势力摧毁了我从忍耐——从毫无缘由的忍耐——中汲取营养的免疫系统。在我遍体鳞伤、维系于神经系统且有致命创伤的身体上，别说是用一个矛头，就连用一个注射针头扎进去的地方都没有了。我失去了忍耐力，我不再容易受伤。我已经死亡。看起来，我是坐在火车上旅行，但火车运输的已经只是一具尸体而已。我是死人。（为了让一切都圆满，而且让我自己感觉不是完全被抛弃，我只有一个愿望：即使不是为了给我恢复名誉，但至少作为道歉的标志，要有一名海关人员在我的坟墓上或者骨灰盒上或者我遗留下的任何东西上，放上一支玫瑰花……）

1991年

译后记

匈牙利作家凯尔泰斯·伊姆雷是二〇〇二年度诺贝尔文学奖获得者，也是匈牙利迄今唯一获得诺贝尔文学奖的作家。他长期从事有关大屠杀的文学创作，自认为假如没有奥斯威辛，他什么也不是，谁也不是，他只是一个普通人。

本书收录凯尔泰斯的两部中篇小说《侦探故事》《寻踪者》和一部短篇小说《笔录》，均译自匈牙利文。需要指出的是，《寻踪者》发表于一九七七年，但作者于一九九八年对它进行过一次修改。这篇小说的中文版根据修改后的版本译出。

《侦探故事》并非传统的刑侦故事，用作者的话说，这是一个“恐怖故事”。故事发生在一个想象中的南美国家。主人公马腾斯是独裁政权的一名秘密警察，在这个政权倒台后，他因被指控参与数起谋杀案而面临新政权的审判。在狱中，他写出一份手稿，讲述了著名连锁店老板费德里戈·萨利纳斯和他儿子恩里克·萨利纳斯被怀疑谋反而惨遭杀害的故事。

《寻踪者》的情节扑朔迷离，但故事发生的时间、地点甚至主人公的身份，在小说中都没有明确交代。根据凯尔泰斯的其他作品以及小说中的一些提示，小说的主题毫无疑问与纳粹集中营有关，小说中出现的几个地点可理解为魏玛、布痕瓦尔德和蔡茨。主人公带着他的神秘使命，寻访集中营旧址，期待发现能唤醒历史记忆的“踪迹”，但他所到之处均以失败告终。小说把保留过去的记忆问题即大屠杀记忆的可持续性作为中心议题，并提出了强烈的个人责任问题，但在法律和人文思想失效的社会，个人是无助的。在小说结尾，主人公决定停止执行自己的使命。

《笔录》写的是主人公从布达佩斯乘坐国际列车前往维也纳的遭遇，由于他出境携带的外币超过国家规定，不仅外币被海关没收，他本人也被迫在边境下车，无法完成维也纳之旅。小说反映了官僚僵化的社会现实。

阅读凯尔泰斯的作品不是一件容易的事情，为了帮助读者更深入地理解凯尔泰斯的作品，有必要对他的人生经历和文学创作情况作一番介绍。

凯尔泰斯于一九二九年十一月九日出生于布达佩斯一个犹太人家庭，一九四四年六月被投入波兰的奥斯威辛集中营，后被转往德国的布痕瓦尔德等集中营。集中营被解放后，凯尔泰斯于一九四五年回到祖国。一九四八年完成中学学业。此后，他当过报社记者，也当过两年兵。从一九五三年起，凯尔泰斯开始了艰辛的文学创作和翻译生涯。

无疑，对凯尔泰斯的文学创作产生根本性影响的是他在纳粹集中营的亲身经历以及他的家人的遭遇。他的外祖父母死于种族大屠杀，祖父母则死于拉科西执政时期（一九四五年—一九五六年）。用凯尔泰斯本人话说，他的家族史本身就包含和象征了匈牙利现代的苦难史。作为奥斯威辛的幸存者，奥斯威辛不可避免地成为凯尔泰斯生活中不可或缺的内容。凯尔泰斯不仅仅是一个作家，他还是一个思想者。他孜孜不倦地思索着种族大屠杀这一历史现象，并透彻地洞察了奥斯威辛的实质。他得出了这样的结论，即种族大屠杀是西方文明的创伤，是两千年欧洲道德文化的终点。凯尔泰斯坦言，他对文学本身并不感兴趣，他只是在努力地寻找描写极权主义的语言，这是一种那样的语言，它能够表达出一个极权机器如何粉碎和改变人类并使其丧失认知自我的能力。凯尔泰斯说，他从来没想成为大作家，对是否能写出好小说和好故事不感兴趣，“我的所有作品讲述的都是二十世纪被异化的人”。

从一九六〇年起，凯尔泰斯用十三年的时间创作小说处女作，其中文译名五花八门，中国台湾译《非关命运》，大陆译《无命运的人生》，还有《无形的命运》等译名。正是这部半自传体长篇小说为凯尔泰斯赢得了诺贝尔文学奖。小说讲述的是布达佩斯的一个犹太男孩柯韦什·久尔吉在纳粹集中营里一步步去适应和生存的故事。小说起先被出版社拒绝，后于一九七五年得以出版，但反响平平。不过，正是这部小说使凯尔泰斯开始了一个三部曲的创作。凯尔泰斯把第一部小说的遭遇写入一九八八年问世的第二部长篇小说《惨败》之中，主人公仍然是柯韦什·久尔吉。一九九〇年，第三部长篇小说《给未出生的孩子祈祷》出版，前两部小说中的主人公再次登场，他为自己未出世的孩子祈祷，因为他不愿意让自己的孩子降临到这个允许奥斯威辛集中营存在的世界上来。二〇〇三年出版的《清算》则把这个三部曲补充为四部曲，并为凯尔泰斯以奥斯威辛为主题的系列小说画上了一个句号。

凯尔泰斯的其他小说作品有：中篇小说集《寻踪者》(1977年)和中短篇小说集《英国旗》(1991年)。日记和随笔在他的作品中也占有一席之地。《苦役日记》(1992年)收录了他一九六一年到一九九一年的日记。《另一个人》(1997年)是《苦役日记》的继续，时间跨度是一九九一年到一九九五年。《用另一种方式保存》(2011年)收录了二〇〇一年至二〇〇三年的日记。他的随笔集有《作为文化的大屠杀》(1993年)、《行刑队再次上膛前的瞬间静默》(1998年)和《被放逐的语言》(2001年)等。

作为翻译家，凯尔泰斯主要从德语翻译霍夫曼斯塔尔、罗特、卡内蒂、施尼茨勒、尼采、弗洛伊德、维特根斯坦等人的作品，这些作品对他的文学创作产生了巨大影响。

在匈牙利国内，凯尔泰斯长期以来一直是一个知名度不高的作家。二十世纪八十年代后半期，尤其是东欧剧变之后，他的作品开始为他赢得国际赞誉，并使得他可以靠写作和翻译维持生计。在德语地区，他的作品尤其畅销。凯尔泰斯虽然没有接受过高等教育，但这并没有阻止他最终成为一个世界级的作家。

二〇〇二年十月，瑞典皇家科学院把诺贝尔文学奖授予了凯尔泰斯，以表彰他对脆弱的个人在对抗强大的野蛮强权时痛苦经历的深入刻画以及他独特的自传体文学风格。瑞典文学院的评语说，凯尔泰斯通过在作品中描述自己的亲身经历，孜孜不倦地探索了这样一个主题，即一个人在自己所属的群体被迫屈服于社会强权的时代是如何生活和思考问题的。

凯尔泰斯在瑞典皇家科学院发表获奖演说时谈到了他文学创作的动力："当一个犹太人，我认为这在今天又一次首先成为一项道德任务。如果说种族大屠杀到今天已创造出了一种文化——这确实已经无可否认地发生了——那么其目的只可能是，不可挽回的现实通过精神的途径产生一种补偿：道德的净化。

我所创作出来的一切皆由我的这个愿望而生。”他还说：“我的作品或许也还能有用于未来，甚至，我愿意发自内心地说：它将服务于未来。因为我感到，当我思考奥斯威辛创伤的影响时，我就会想到今天的人的生命力和创造力的根本问题上来；在以这种方式思考奥斯威辛时，也许以反论的方式说，就是我更多地思考的是未来，而不是过去。”也许，这正是凯尔泰斯作品的价值之所在。

晚年的凯尔泰斯患帕金森氏症，他于二〇一二年十一月宣布封笔。

关于作者的姓名，需稍作交代。匈牙利人姓名的排列顺序与中国人的姓名一样，均是姓在前，名在后。因此，凯尔泰斯是作者的姓，伊姆雷则是他的名字。